QUE NO SE TE NOTE

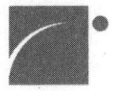

ROCÍO SAIZ

QUE NO SE TE NOTE

Rocaeditorial

Primera edición: septiembre de 2024

Printed in Spain – Impreso en España

ISBN: 978-84-19965-95-0
Depósito legal: B-12864-2024

Compuesto en Mirakel Studio, S. L. U.

Impreso en Liberdúplex
Sant Llorenç d'Hortons (Barcelona)

RE65950

*Este libro está dedicado a todas las personas
que son capaces de levantarse cada mañana.
Porque vivir es el acto más heroico que he visto nunca*

Prólogo

Que no se te note.
Manual de supervivencia para adultos

Hola, me llaman Aurora, la de los almanaques, y esta es mi historia. La mía y la tuya. Esta es una buena manera como otra cualquiera de arrancar este libro. Sí, como todo pseudónimo, esconde un significado. Un día cualquiera, en una gira por Latinoamérica, Mané, todo un obrero del pop y compañero de batallas, me contó que, en su barrio, en Málaga, existía una Aurora que era conocida por todos como la de los almanaques. Ella no tenía apellidos ni historia ni pasado ni familia. Simplemente era la de los almanaques. No sé si sabréis que esta palabra significa «calendario». Pues bien, según la escuchaba, me pareció que esta insignificante anécdota era dura y muy española, eso de reducir a algo tan nimio y banal toda una vida humana, reducirla prácticamente a cenizas. Me vino a la cabeza la cantidad de veces que a todos nos han colocado un sambenito en el pueblo o en el barrio. Una vez que te ponen uno, de ahí no te sacan. Exacto, ese es uno de los males de este país: reventar la meritocracia de alguien y reducirlo a «Rocío la Lesbiana», «Pablo el Mariquita», «Laura la de las Tetas», «la fea de la panadería», «la bollera de Educación Física», «la mujer del fontanero», «la del estanco»…

Me ha parecido interesante utilizar este pseudónimo al principio del libro, que nos identificáramos con él, porque me hubiese gustado saber más sobre la vida de Aurora, la de los almanaques, y no solo reducirla a lo que puedan decir de ella. Cuántas veces no nos han juzgado a todas sin darnos la oportunidad de conocernos. Por ejemplo, me viene a la cabeza el inicio del libro de Alana Portero, que recomiendo encarecidamente, *La mala costumbre*. En el primer capítulo, la narradora cuenta cómo se acerca a la loca y bruja de su barrio para descubrir que es la mejor persona que vive allí y, por supuesto, la más sabia.

No es casualidad que la mayoría de estos motes, en su mayoría negativos, se refieran solo a las mujeres. Por ese mismo motivo, también decidí hace tiempo que cada vez que alguien se me presentara como «la mujer de» o «la hija de» le soltaría un zasca y le aclararía que antes que hija y mujer de alguien es una persona. Esta es una de las muchas razones por las que he querido literalmente vomitar este libro.

Aunque el síndrome de la impostora no suele abandonarme, llevo muchos años pensando y recopilando experiencias y siempre supe que algún día reuniría todo este bagaje vital en un mismo documento. No pretendo sentar cátedra, pero sí hacer una especie de autocrítica moral sobre cómo nos tratamos, cómo nos hablamos o cómo nos relacionamos desde un lugar que no es ni bonito ni real ni romántico. Lo que sí es cierto es que he llegado a entender el dolor a través del humor, y además creo que es el arma más poderosa que existe.

Una vez una chica me dijo: «No tienes edad de que te vaya bien». En su momento me dolió muchísimo, como una de tantas y tantas excusas que recibía cuando a alguien no le gustaba, pero justo esta vez tenía razón. Porque… ¿cuándo es la edad de que te vaya bien? Creo que ninguna; pero sí llega un momento, como dice Isa Calderón (buena humorista, ya os digo), en el que te das cuenta de todo y ya no puedes volver a ser la de antes. Encuentras como una especie de fuerza del jedi y percibes el mundo de otra manera.

Hubo un momento en el que yo estuve tan volada que no soportaba la incertidumbre, era tanto el nivel de descontrol que me hice adicta al tarot, a las pitonisas, a la magia negra… —creedme, lo juro—, y no paraba hasta que no me decían todo lo que quería escuchar. Es más, Paloma, mi actual pitonisa y, gracias a mí, la de personas muy conocidas, pilló a la primera que estaba totalmente pirada y siempre me decía lo que quería escuchar; así me calmaba y podía seguir con mi vida. A día de hoy es una gran amiga y una de las personas que más me ha ayudado a no perder la cabeza, aunque cada vez estoy más convencida de que para escribir, componer o transitar la creatividad tienes que surfear en la locura. Pero ¿qué es la locura? A veces pienso si todo lo que he visto en este viaje que es mi vida se acerca a la verdad, porque he llegado quizá demasiado lejos y os aseguro que he visto muchas cosas.

Para que entendáis un poco de dónde vengo, porque creo que, si no me conocéis de nada, tenéis que estar flipando un rato, voy a poneros un poco en situación. Os propongo un juego: os trato de contar quién soy, aunque yo tampoco lo tengo muy claro, y vosotros, que me estáis leyendo, tenéis vía libre para desnudaros en todos los sentidos. Es decir, yo vuelco todas mis humillaciones, pero os contáis la verdad a vosotros mismos. Tomáoslo como una terapia gratuita. Allá voy. Os regalo varios *flashbacks* de mi experiencia vital (sin orden alguno), y entenderéis por qué todo esto es un manual de supervivencia.

No soy de esas personas que empezaron a crear por necesidad ni porque sintiese una pulsión bajo el influjo de Platón, sino que lo hice porque necesitaba divertirme. Lo cierto es que me aburría en todos los espacios de ocio y notaba que a todo el mundo le pasaba lo mismo que a mí. Se me daba bien hacer reír a los demás y comencé a observar a la gente que quería; me fijé en lo que las hacía sentir bien, lo que las sorprendía de veras, y ahí es donde vi mi hueco. Esto de hacer reír a los demás viene de lejos y me acompaña siempre; de hecho, cuando estoy muy nerviosa, tiendo a no estar callada y a decir un montón de tonterías totalmente fuera de lugar.

Una ex me dijo que era tal y como definieron en su día a Lola Flores: «No canta, no baila, pero no se la pierdan». Así que empecé a crear un proyecto donde cualquiera pudiese estar. Recuerdo mi primer festival, allá por el año 2014, al que bauticé como «Hija Qué Seca Fest» y le puse como apellido «El primer festival para gente sin talento». Hubo muchas actuaciones brillantes (la primera de Las Chillers, el primer grupo de Ana Morgade; el nacimiento de Sufrida Calo, de Elena Lombao, que hizo gira por toda España; o la primera banda de Fele Martínez, entre otros) que ofrecieron al público momentos y estados que no se esperaban para nada. La sala Siroco estaba a rebosar. Entonces me di cuenta de que no es que eso no fuese talento, sino que era «talento bien entendido». El asunto no consistía en programar al músico, DJ, pintor o actor que te gustase a ti e intentar colársela al de enfrente, sino de ofrecer lo que el público quería. Se trataba de poner el foco en los demás y no en ti. Así comencé mi carrera, poniendo el foco en lo que a los demás les gustaría ver. Encontrar a gente feliz, divertida, que hiciese sentir bien, que se riese, que hiciese que su mundo desapareciese para meterse en el nuestro. De todo esto han pasado ya casi diez años.

Porque, a mi entender, existen dos tipos de artistas: los que se cantan o crean a sí mismos y los que lo hacen para divertir a los demás, los que miran a los ojos al público, los que no son estrellas, sino obreros del público, y ahí es donde siempre me he metido yo y cómo entiendo la cultura. La cultura es el arma que define a un pueblo y, para mí, el pueblo y el público son absolutamente soberanos.

Algo así deseo hacer con este libro, crear un espacio donde queráis estar. Una publicación que os gustaría abrir si tenéis una crisis de ansiedad, si no podéis respirar o no aguantáis más la rutina. Me encantaría que abrieseis este libro y bajase vuestra ansiedad. Si por lo menos sirve para eso o para que no desayunéis un diazepam u os duchéis cada dos días, todos estos años de trabajo para poder escribir finalmente esta especie de libro caótico, entre ensayo, autoficción, teatro experimental y relato literario libre, habrán merecido la pena. Sí, os he añadido también la experiencia del dolor y el sufrimiento.

Soy consciente de hasta dónde puede llegar un ataque de pánico; he llegado a ver un círculo de fuego a mi alrededor que no era real; he visto dinosaurios, gente muerta, y he querido acabar con todo. Hasta que, en cada crisis, he abierto un libro, una revista o un artículo y al leer me he dicho a mí misma que eso no era real.

La mente es un músculo del que apenas se sabe nada y al que tomamos muy poco en serio, pero, a base de golpes, descubres que es el centro de nuestras vidas. Tu mente es lo más poderoso que existe, para bien o para mal, y sí, es un músculo y también se desgarra, se lesiona, se fractura y hay que mimarlo, valorarlo y cuidarlo.

Volviendo a lo de antes, esto no va de ser valientes, sino de contarnos la verdad para seguir vivas (ya lo dijo Rocío Carrasco), y la primera que va a desnudarse voy a ser yo. Sin prejuicios… Ni en el contenido ni en la forma. En este humilde manuscrito, el dolor, la vulnerabilidad, el sentirse rara y diferente, el humor y la ficción se van a dar la mano. Aquí tenéis un batiburrillo de sentimientos, emociones, anécdotas, experiencias de mi vida, sueños, frustraciones… que no solo cuentan la verdad sobre mí, sino que revelan por qué todo esto merece la pena, la naturaleza de este proyecto creativo. Voy a hablaros de muchas puertas que se abrieron y otras que se cerraron, de umbrales que traspasé y de momentos que me quedé fuera…

Me he apuntado a todos los deportes que he podido para superar rupturas y en todos me quedaba durante una semana en la puerta del recinto donde se impartieran porque me daba vergüenza entrar. Tenía muchísimo miedo de lo que opinaran sobre mí y de que me rechazaran.

Aun así, terminaba cruzando la puerta y procuraba que no se me notara que era aquella niña que había estado merodeando por allí. Para parecer la más maja, hacía chistes totalmente fuera de lugar y al darme cuenta de ello los siguientes días optaba por el silencio. Ah, y, spoiler, alguien siempre te veía ahí esperando en cada puerta y, como el ser humano es así, te lo recordarán en cuanto cojan un poquito de confianza. Porque otra cosa no, pero en este país nos gusta dar nuestra opinión cueste lo que cueste, quieran o no. Primero lo que opines tú y ya si eso que el de enfrente lo gestione como pueda. Lo importante es que tú hayas podido decir lo que piensas, que para eso estás en el mundo, para opinar. También somos campeones del mundo en sincericidios, no vaya a ser que te quede algo por decir, no te ahogues.

Realmente nunca me he dejado conocer de verdad, porque debajo de esta fachada hay cero o casi nada de autoestima y un sobresaliente en vulnerabilidad. Y, claro, cuanto más vulnerable se muestra uno, menos sexy es. ¿Nunca os habéis preguntado por qué siempre ligaban los más brutos, desagradables y maleducados del colegio? A día de hoy, os puedo asegurar que ser buena persona no es atractivo.

Estoy viendo vuestras caras y que diréis: «Ehhh, qué pasa. A mí me gustan las buenas personas». Por supuesto, no lo niego, pero estoy segura de que antes ni las veíais. Eran transparentes. Es como si nos tuviese que poner, gustar o excitar que nos traten mal. No seré yo quien ponga a Bridget Jones como ejemplo de superheroína, a la que además conquista el malote de turno mientras el blandito con un jersey de reno se queda compuesto y sin novia… Menos mal que al final triunfa nuestro amigo sensiblón y don nadie… Pero esto solo ocurre en las películas. Y digo que no seré yo quien ponga este ejemplo porque si la Jones es el reflejo de una persona gorda estaríamos ante un caso de gordofobia a nivel exagerado, porque si ella es el ejemplo de un cuerpo que se sale de la norma… Apaga y vámonos. Esto que os estoy contando me lo enseñaron mis amigas del pódcast *Nadie hablará de nosotras.* Por cierto, también me informaron de que una persona con sobrepeso no puede presentarse a la Seguridad Social para someterse a la inseminación artificial, lo cual, dicho sea de paso, es una vergüenza. Pero sigamos con lo que trato de explicaros.

Normalmente después de vivir una relación con una persona narcisista, esta situación te deja seca, sin ganas de nada, porque te ha robado las ideas, los proyectos, la casa y las ganas de vivir. De narcisistas y del círculo de abuso en el que te ves inmerso hablaremos luego largo y tendido, porque son expertos en que no se les note nada. Vamos, que son auténticos profesionales de la estafa emocional. Si queréis poner cara a estos terroristas emocionales, os recomiendo encarecidamente una película de 1997, *Atómica*, de Alfonso Albacete. Tiene grandes momentos en los que te mueres de la risa con unos jovencísimos Eloy Azorín y María Esteve y una espectacular Cayetana Guillén Cuervo. Bueno, el caso es que el guapo de la peli, que está acostumbrado a tenerlo todo, es capaz de dejar sin muebles a la prota. Así que ella, ni corta ni perezosa, le aplica su propia medicina de «terrorismo emocional». Ella vive en la casa sin muebles, hace vida en el suelo y al final ¡gana la batalla! La prota en cuestión se llama para más inri Victoria… No Angustias, Soledad, Dolores o Socorro…, nombres a los que nos tienen muy acostumbradas en el cine más casposo del país. Gracias a la nueva ola de directores y directoras, esto está cambiando radicalmente.

Para no perder el hilo, os puedo hablar de más puertas, algunas que no logré cruzar, como las de la RESAD (sí, sí, la Real Escuela Superior de Arte Dramático), uno de mis traumas pendientes. Desde pequeña he sido muy masculina, me he empeñado siempre en sacarme parecido con Ryan Gosling, pero en realidad era igual que Guti y Arancha de Benito, allá por el 2000, que se llegaron a mimetizar tanto que verdaderamente eran la misma persona. Os animo a que busquéis la foto.

En aquella época no estaba de moda la diversidad y para ser actor o actriz tenías que ser lo más neutro posible, como si a día de hoy supiésemos lo que significa esa palabra, «neutro». Ni siquiera el blanco es neutro, tiene unos kelvin que van de una temperatura a otra. Esa es otra gran mentira del mundo en el que vivimos, porque el blanco, amigas, tampoco es blanco. A no ser que lleguemos a 5500 kelvin. ¿Queréis alucinar más con esto de la diversidad? Tengo para dar y tomar. Como que las pinturas rupestres fueron única y exclusivamente pintadas por mujeres, porque los hombres estaban cazando, o que los sensores de los baños de los aeropuertos están diseñados solo para pieles blancas; de ahí que a nuestras amigas negras nunca les salga agua, porque no reconocen su piel. Otra de esas vergüenzas mundiales que nadie sabe es sobre la máquina de detectar penes en los aeropuertos, la máquina donde te leen de arriba abajo y, por lo visto, averiguan cuál es tu sexo biológico…, como si eso fuese importante para poder cachearte bien como hombre o como mujer.

La violencia está en cada pequeño detalle, porque lo de ser neutro es la mentira más grande del mundo contemporáneo. Yo no era neutra y en ese momento era prácticamente imposible disimular lo arepera («bollera» en colombiano) que era. Así que no lo intenté.

Sí, queridas, ahí va la primera herida de la infancia. Booommm. Dicen que nacemos con tres heridas: la del padre, la de la madre y la del nacimiento. Pues yo me las pedí todas. Nací con la bilirrubina alta, así que me tuvieron un mes al sol para ver si mejoraba. Sí, de bebé me quedaba ahí congelada como un lagarto… y, cuando me hice mayor, no he terminado nunca de regularme la temperatura. Así que me encanta el sol, pero vivo congelada la mayor parte del tiempo. Por cierto, hablando de bilirrubina, es una de las canciones que más pincho.

Una de las razones por las que me cuesta entrar en los locales de BDSM es porque paso un frío horroroso cuando me quito la camiseta. Incluso aunque le expliqué mi problema con la bilirrubina y el frío a uno de los dueños de uno de estos locales (que, fijaos la casualidad, siempre va con un forro polar de arriba abajo), este me vetó para siempre por no desnudarme… ¡A mí, que me echan de los escenarios por eso! Bueno, pues que, si sois como yo y os sobra la bilirrubina, solo vamos a poder investigar la sauna de nuestros barrios, porque lo que son otros locales…

Pero lo cierto es que no he sido de subirme a las distintas atracciones de la vida, porque, no nos engañemos, la valentía para ciertas cosas es absurda y se utiliza mal la etimología de la palabra; es más, para no quedarme sin amigos siempre me encargaba de guardar las mochilas en el Parque de Atracciones, eso sí que es valiente. Quedarte sola contigo misma mientras todo el mundo se divierte y tener además todo el tiempo del mundo para darle vueltas a tus pensamientos y contar los minutos que quedan para volver a casa, aunque sea un infierno. No, nadie se quedaba conmigo ni me acompañaba o tiraba de empatía. No, me quedaba ahí sola mientras los demás se lo pasaban bien. Y todo porque me daban miedo esas cosas que volaban sin sentido o subirme en unos fiordos absurdos a veinte grados bajo cero en enero. Todo esto era porque mis amigos (tampoco lo eran, pero, como íbamos a la misma clase, pues había que comérselos; no es que fuesen malos ni nada por el estilo, a muchos los quiero, pero la educación reglada es la que es y no puedes elegir a tus compañeros en el colegio, te vienen dados y punto, como tu familia) cumplían años en invierno…, y yo en julio, cuando no quedaba nadie para hacer planes… Además, los parques de atracciones te los venden como espacios de recreo, pero qué gracia tiene que te empapen entera en una atracción, te asusten en otra o te dé un infarto al tirarte de no sé qué jaula.

Hay muchísimas personas afectadas por el túnel del terror, pero no solo como público, es que esa pobre gente son actores de verdad y tienen cuarenta pases al día y viven dentro de la cueva hasta que salen. Poco se habla de los actores del túnel del terror. Si me estáis leyendo, aquí tenéis a una defensora férrea de vuestros derechos.

Y hablando de parques de atracciones… Camela, sí, Camela, Dioni y Mari Ángeles me contaron que hubo una época en que muchas bandas actuaban en el parque de atracciones y que a ellos no los dejaron porque eran gitanos (por favor, cancelemos los parques de atracciones) y que cuando consiguieron que los dejaran actuar en el de Madrid fue un éxito. También me contaron que no les ponían en las listas de éxitos de las revistas por la misma razón, pese a ser, de calle, los cantantes que más discos y casetes han vendido en nuestro país.

En el curso de Andrés Lima lo entendí, me enteré de en qué consistía la vida. Él me contaba que la comedia no es más que el dolor y el sufrimiento de un personaje. Y me puso un ejemplo muy claro. Si ahora me tropiezo con una farola, moriré del dolor, pero todos los que me estáis viendo os moriréis de la risa. Y así funciona la vida. Así es de simpática la sociedad, le dan un cuchillo a un ciego y le dicen que es una armónica.

Podemos querer diferente, pero os aseguro que todas sufrimos igual, el dolor nos hace iguales, el dolor nos democratiza en la vida porque a todas nos duele todo.

Eso sí, en las atracciones de la vida me he montado en todas y he repetido, aunque no sea capaz de subirme al barco pirata o me den terror las sillas voladoras. Cada vez que en televisión emitían que una de ellas había salido volando, me preguntaba por qué no me había tocado a mí. Porque, claro, como dijo mi amiga Elena Lombao, «una ruptura uno se cura; de una desaparición no». Y siento que vivo en una ruptura constante dentro de un after. Por poner otro ejemplo gráfico, me gustaría tener un mensaje como el del contestador telefónico que sale en *Atómica*, la película de la que os he hablado antes: «Si quiere dejar su mensaje, este contestador ya está plagado de mentiras».

Pero nunca he perdido la esperanza de encontrar el amor, lo verdaderamente único…, lejos del sexo, que me parece el instrumento más opresor que nos han vendido. Roberta Marrero, que decidió poner fin a su vida con la misma elegancia con la que la transitó y con una nota que decía «I love you all», escribía en uno de sus poemas:

> *Me da miedo el contacto físico, pero*
> *[fantaseo con ser devorada.*
> *El deseo es una alegoría,*
> *siempre una alegoría.*
> *El cordero en el matadero.*
> *El ramo de flores muriendo en un jarrón.*
> *Deseo de muerte, de extinción.*
> *Que te follen es morir un poco;*
> *el orgasmo, la pequeña muerte.*[1]

Esta última frase me voló y hará que me vuele siempre la cabeza.

O bien Camila Sosa, que nos dijo en una entrevista a Marc Giró y a mí que el arte, como el amor, tiene que ser molesto e incómodo. O Nan Golding, que sostiene que existen contradicciones salvajes entre lo que uno sabe desde lo emocional y lo que desea en lo sexual. Pero nunca olvidaré lo que me dijo un día Cristina Fallarás: «Yo vivo con el coño relajao y aquí la más tonta hace relojes, cuando una deja a los hombres no vuelve nunca, es como la farlopa. Yo quiero ser yonqui a los setenta y cinco años y a esa edad ya te puedes dar a los opiáceos». Recuerdo a la perfección esa anécdota en la que hablamos de Paula Ortiz, una de las mejores directoras de este país, que al finalizar un rodaje me dijo: «Tienes eso que tanto cuesta encontrar». Recuerdo llorar con esa frase y con Cristina diciéndome que Paula vive con el coño tenso y no relajao; definió perfectamente los dos tipos de personas que somos, de coño relajao o de coño tenso; y, muy a nuestro pesar, soy como Paula, del tenso, intentando llegar a absolutamente todo. Paula es otra jedi y una de las personas con más talento que he visto nunca, no hay nadie que haga el cine como ella, lo nuestro fue un flechazo y es del todo fascinante verla trabajar.

La conversación con Cristina en aquella entrevista terminó con parte de una frase de la obra de teatro *Ficciones*, de la compañía Exlímite. La actriz empezaba un monólogo definiendo lo que es España: toros, cocaína y el Grand Prix.

Es más difícil encontrar a alguien con quien hablar que con quien follar. Que no os engañen, la mayor parte del sexo es malo, menos los abrazos… Si es que tengo suerte y me abrazan por la noche. Si no, me tocará que se me duerma el brazo cada noche intentando que no se me note que se está gangrenando solo para gustar a esa persona a la que no para de sonarle el móvil de mensajes de su ex… Sí, me ha mentido, y no solo no han terminado del todo, sino que me facilita un montón de títulos de las autoras feministas más famosas del momento para que me crea su discurso. No, no me quedo sola y tranquila comiéndome una bolsa de Doritos, sino que tal vez lloro, pero porque nadie está a mi altura, no porque esté más sola que la una.

Decía John Waters que tenemos que coger todo lo que la gente odia de nosotros y multiplicarlo por diez. Hay un momento de tu vida en el que pasas de un «Aquí no se puede jugar a la pelota» a revisar si has cerrado la puerta de tu casa catorce veces, no caminar por debajo de las escaleras, echarte por encima la sal, no rozarte los pies con el cepillo para casarte, no poder conciliar el sueño si duermes con alguien (explícame cómo concilias el sueño que cantaban los Lori Meyers) o que te molesten las sábanas al rozarte con el cuerpo.

¿No os ha pasado que de pronto conocéis a alguien y os hace un kundera digno de una actriz de método? Es decir, que le gusta lo mismo que a ti, escucha lo mismo que tú, come lo mismo, parece que tenéis miles de millones de cosas en común…, y, de pronto, todo se derrumba. Van pasando los meses y esa magia desaparece, porque todo se vuelve en tu contra y no os parecéis en nada. Sí, yo he caído en esto no una, sino varias veces. Y todas mis amigas también. No, no es cuestión de inteligencia, porque todas somos listísimas, va de confiar, de entregarte, de generosidad, de enjundia, de estafa.

Continuaré contando cosas de mi vida caótica para seguir desnudándome y mostrándome tal cual soy. Porque esto va de eso. El caso es que a mí siempre me ha perseguido el trauma. Como cuando me pusieron un vestido de volantes en El Rocío, porque mi tía, madrileña de pura cepa, decidió casarse con mi tío en la ermita de la Virgen del Rocío y llegar en un coche de caballos. El ser humano siempre se ha inventado el formar parte de una religión para sentir que pertenecemos a algo. Es muy duro vivir en Madrid sin tener ningún credo, por lo que, a veces, es necesario inventarlo. Napoleón decía que la religión es el refugio de los cobardes, y se ve que nosotros no queríamos ser menos. Así éramos en nuestra familia, todos católicos, y, si hacía falta, pues uno se casaba en El Rocío, montábamos en un coche de caballos y cantábamos la salve rociera. Solo faltaba tocar la guitarra y bailar flamenco.

Este fue uno de los primeros recuerdos en los que me sentí diferente. En esta vivencia que os cuento, entendí lo que significaba no pertenecer o formar parte de un grupo, aunque fuese de una manera impostada. Mi familia se creía de lo más profundo de Sevilla solo para sentirse parte de un grupo, de un conjunto, de una tribu, de una pertenencia. Sentí cómo intentaban que no se les notara que eran de Madrid (quién quiere que se le note que es de Madrid). Me dejó tan marcada tener que travestirme con ese vestido de volantes que en el bautizo de un primo mío, como venganza (léase en términos cariñosos) por haberme vendido a ese cispassing, aparecí con una camisa de monos y platillos volantes. Por cierto, tengo todavía aquella camisa y la verdad es que es horrorosa.

Era verdaderamente horrible, pero yo chillaba para no ocultar mi identidad, casi sentía lo mismo que Batman para que no descubriesen la suya. Siempre he pensado que las raras y las abyectas somos las auténticas superheroínas, porque durante nuestra infancia luchábamos como titanas para que no nos descubriesen, para que nadie nos lo notara. Hasta que nos topábamos con la etapa adulta y, por fin, salíamos con el traje de superhéroe y con el tridente bien alto.

Somos nosotras las que tenemos que hacer las pruebas de la RESAD a las normales, no ellas a nosotras. Nosotras somos actrices de método desde que salimos del coño de nuestra madre.

Ahora recuerdo que iba en primaria todos los días a clase vestida de Spiderman, incluso me ponía la careta original, porque no quería que me descubriesen y pensaba que, si no veía a los demás, los demás no me verían a mí, qué cosa más absurda. Notaba cómo esa tela ajustada me hacía indestructible y superpoderosa para todos los que me rodeaban.

Y si me pongo a contar todas y cada una de las veces que he tenido que interpretar la «normalidad» para que me quisieran, para ser parte de esa manada que me vino dada, para que mi tío coñazo me saludara, para no ser la rara, para no escuchar esos susurros que se me clavaban bien dentro... no termino. Con el tiempo descubrí que no eran susurros, sino gritos para que me enterara perfectamente de que estaban hablando de mí y de que era una vergüenza para la familia.

Esto puede doler hasta en la familia con más corazón y más bienintencionada, pero lo que uno siente, saberse diferente, vivir la soledad, el hastío y el no saber por qué te pasa lo que te pasa solo lo puede saber uno mismo.

Muchas familias pensarán que lo han hecho bien, pero las miradas, los gestos, las palabras... Del mismo modo que en el colegio percibías la violencia pasiva de una profesora o profesor al que no le gustabas, igual notas la mirada de la vecina de arriba juzgándote. Porque sí, amigas, lo notamos, os vemos y notamos los juicios, los gestos. Ay, los gestos. Pablo Messiez dedicó una obra entera a los gestos.

No pasé desapercibida para mi familia, pero por suerte siempre están ellas, las abuelas. Y yo tuve un referente auténtico. Mi abuela tuvo una vida horrible. Su marido la maltrató, se las apañó para criar a cinco hijos y cuidar de todos sus nietos. Nunca le enseñaron a leer ni a escribir. Creo que perdió la cabeza cuando era bastante jovencita, pero tenía un corazón que no le cabía en el pecho. Recuerdo que, cuando salíamos de casa, siempre nos decía: «No os pinchéis porros». Ya anciana sufrió un alzhéimer fulminante. Ella decía que la Pantoja le hablaba a través de la tele o que Christian Gálvez la saludaba. ¿No os recuerda al personaje de Ellen Burstyn en *Réquiem por un sueño*? Las últimas veces que nos vimos ella siempre me cantaba: «Se nos rompió el amor de tanto usarlo...». ¿Casualidad? ¿Cafetería? Yo creo que no.

Como crecí con tantísimas carencias, que podría ponerme a hacer un resumen de todo lo dramático que me ha pasado en esta vida, hubo un tiempo en el que solo me quería enrollar con personas con lesiones o problemas físicos para acompañarlas al médico. Para tener la sensación de que me necesitaban. Tanto es así que fui a varias resonancias y dormí también en un colegio mayor en el que sonó la alarma contra incendios y tuve que salir por la puerta de atrás. No sé si habéis visto *El hilo invisible*, de Paul Thomas Anderson. La protagonista envenena a su marido para que la necesite. No digo que haya llegado hasta ese punto, pero el síndrome de la cuidadora te puede destrozar la vida. Os he avisado.

Nivel tener un euro en la cuenta y pedir dinero a mis amigos para gastarlo en lo que ella quisiera pedir para cenar y que no le faltase de nada, intentando que no se me notase que no tenía ni un céntimo. Porque sí, amigas, todavía queda gente que te quiere por lo que tienes en la cuenta, al más puro estilo Fran Rivera, que en una entrevista dijo que le gustaban las mujeres, pero las de antes. Pues piensas que no, que en las relaciones homosexuales no se pueden repetir los patrones más tóxicos de las relaciones heterosexuales patriarcales, pero no solo se repiten, sino que muchas veces nos las comemos multiplicadas por mil. No sé qué pasó en algún momento del árbol genealógico de las bolleras y los maricas (entiéndase también a nuestras amigas transmaricasbollo, vamos, todas las letras del colectivo, porque no se salva ninguna, aquí también vuelve la democracia del dolor) para que casi siempre tengamos las relaciones más castradoras que se pueden tener incluso siendo abanderades de la libertad.

Es verdad que detrás de mi familia había lo que existe en muchas otras y que es algo que descubres con los años: no saben cómo ayudarte, pero quieren hacerlo. Y ese amor y esa autocrítica que les hacía quedarse paralizados, porque no sabían relacionarse con el diferente, me los enseñó mi tía Vivi, que se convirtió en toda una madre después de que la mía se fuese. Me ayudó a entender que muchas veces las personas hacen lo que pueden y muy pocas veces lo que quieren, como me pasa a mí. Como nos pasa a todas.

La relación con mi tía me enseñó a calmar mi ira; nunca se lo he dicho, pero estoy segura de que va a leerme. Nadie sabe cómo relacionarse con una persona que pierde a su madre en circunstancias muy complicadas con dieciséis años. Y tampoco tú te abres con nadie cuando estás tan herido. ¿Sabéis cuando en una película siempre hay un personaje que está cuidando del protagonista, pero no lo ves o no te das cuenta hasta el final? Pues eso hacía mi tía: permanecer siempre al lado, esperando el momento en el que le abriese la puerta, sin agobiarme, solo observando para cuando pudiese pasar y colarse. Y esa es una de las mayores virtudes y el mejor superpoder que he visto en una persona: saber dónde y cómo quedarse, no perderte nunca de vista.

Esa posición ante la vida me ha enseñado a dejar morir las cosas que tienen que morirse y a vivir las que tienen que vivirse… Mi amiga Cristina Gallardo siempre me decía: «Cuando no puedas con algo, simplemente déjalo morir». Y qué razón tenía… Que el personaje secundario sepa cuál es su espacio y haga grande al principal; dar y no querer recibir nada a cambio. Ascensión, una de mis brujas, me dijo un día: «Tienes que aprender a pedir y no a exigir». Y lo entendí todo. Igual que Isabel, mi psiquiatra, que me contó algo relacionado con esa ira: cuando un niño llora sin razón no es porque esté loco o sufra un trastorno, es porque le sucede algo y no tiene herramientas para verbalizarlo.

A todos nos pasa algo.

Mi tía sabía exactamente cuándo me pasaba algo, pero no me lo decía, porque entendía que ni siquiera yo era capaz de ponerle nombre. Además, solo el hecho de sentir que alguien está mal es un superpoder y es algo que he heredado de ella y también creo que de mi madre. Ascensión también me lo dijo. Llegué a ella gracias a mi amiga Gala, una persona muy importante de la política a día de hoy y otra de esas jedis que os digo que existen por el mundo.

A mucha honra llevo mi papel de personaje secundario, se aprende mucho de este rol, porque es increíblemente emocionante y valioso ver a los protagonistas de tu vida brillar. «Rodéate de gente brillante», dice la frase, y eso es lo que intento cada día. De hecho, parte de esas personas brillantes han impulsado, corregido y lanzado este manuscrito: Gonzalo, Carol e Isabel, dadles las gracias siempre cuando los veáis porque sin ellos no estaríais rendidos a esta humilde historia.

Voy llegando a un recuerdo importante y que va a dar sentido a todo lo que quiero contaros. A esos dieciséis años Milan Kundera llegó a mi vida. Pasó tiempo hasta que pudimos abrir la puerta de la habitación donde dormía mi madre. Otro umbral que me costó sobrepasar. Imaginaos una habitación cerrada a cal y canto, hasta que un día decidí armarme de valor, abrir esa puerta y entrar… No puedo describir lo que sentí, pero no era algo terrenal; como ya os he dicho, he vivido muchas cosas. Mi madre leía un montón y, en ese proceso de habitar de nuevo esa habitación y superar este trauma, descubrí un libro naranja que no paraba de mirarme, o yo no paraba de mirarlo a él. Brillaba de una forma diferente, además ¿quién publica un libro naranja? No sé cómo explicarlo, pero juro que, si existen las señales, ese libro destacaba entre todos los demás. Era *La insoportable levedad del ser*, de Milan Kundera.

Abrí la primera página y ponía el nombre de mi madre. Al lado una fecha, supuse que señalaba el momento en el que se lo leyó, compró o sacó de alguna parte. También deduje que le habrían obligado a leerlo en el instituto o en la carrera (ella estudió Periodismo, en la misma clase de Susanna Griso, pero aquellos eran los noventa y mi madre terminó teniendo dos bebés a la vez, mi gemela y yo, y como tantas otras mujeres no pudo dedicarse a lo que realmente le gustaba), pero, como no tenía a quién preguntárselo, pues di por hecho cualquiera de estas dos opciones.

Literalmente el libro me voló la cabeza. Los temas que trataba (la guerra, el amor, la pasión, la angustia, el desaliento…) me interesaban muchísimo y las reflexiones después de cada historia me hicieron conectar con Kundera de una manera muy fuerte.

Me pregunté por qué el resto de autores no hacían lo mismo: escoger unos personajes para hacerse pasar por ellos mismos y después opinar en primera persona sobre lo que les estaba pasando. Sus opiniones eran auténticos ensayos y verdaderamente lo sentí como un guía. Tenía todas las páginas subrayadas, todo lo que decía era acertado, concreto, voraz y arriesgado. De pronto en mi cabeza se unieron la ficción, lo real y lo absurdo, la superación del dolor, el amor verdadero, la pasión y la creación… Hay dos fragmentos de *La insoportable levedad del ser*, de Milan Kundera que han marcado toda mi vida. Uno de ellos es el siguiente:

Un acontecimiento es más significativo y privilegiado cuantas más casualidades sean necesarias para producirlo.

Solo la casualidad puede aparecer ante nosotros como un mensaje.

Lo que ocurre necesariamente, lo esperado. Es mudo. Solo la casualidad nos habla.

No es la necesidad, sino la casualidad la que está llena de encantos. Si el amor debe ser inolvidable, las casualidades deben volar hacia él desde el primer momento.[2]

Toda mi vida ha sido un cúmulo de casualidades, buenas y malas. Y estoy segura de que es igual que la de todas. Sigue constantemente el devenir como en la teoría del eterno retorno. Kundera dice que todos los personajes se dirigen hacia sus destinos por sus profundos anhelos interiores. *Es muss sein.* «Tiene que ser» es una decisión donde van unidos el peso, la necesidad y el destino. Solo aquello que es necesario tiene peso; solo aquello que tiene peso es válido.

Milan dice que para que sea amor verdadero tienen que darse seis encuentros, seis casualidades improbables. Todos componemos nuestra vida a base de repeticiones. Igual que las canciones vuelven siempre al estribillo, todos regresamos a lugares queridos, repetimos los mismos patrones y cometemos los mismos errores por mucho que intentemos que no se nos note, pero «todos necesitamos que alguien nos mire».[3]

Cuando terminé de leer esa novela, pensé que, si algún día escribía algo, me inventaría un libro donde los personajes subiesen a un escenario (ahí es donde mejor me relaciono) e iría opinando a través de ellos lo que me diese la gana, sin frenos, sin culpabilidad, sin digerir lo expulsado, todo vomitado desde el furor uterino. Imaginé también que esos personajes gritarían verdades que a lo mejor, si las decía yo, no convencerían a nadie, pero a través de ellos tal vez sí... Me gustó fantasear que sería capaz de generar un ambiente en el que todo el mundo pudiera identificarse, independientemente de su género, orientación sexual, forma de pensar, de vestir o de follar. Soñé con un libro donde los personajes fuesen más una excusa que un motor, pues como Kundera escribió (y este es el otro fragmento importante):

Hacer teatro o no hacer nada. Demostrar que aún hay gente que no tenía miedo.[4]

Después de muchos años de terapia, de medicación, de muertes y de dolor ha llegado el momento en el que puedo hablar desde la crítica y no desde la queja, y esta es la razón por la que he decidido escribiros este libro utilizando el humor (si realmente puedo) como un arma arrojadiza. Aquel gran libro imaginado toma ahora su forma. Voy a enfrentarme a las verdades de las que quiero hablar: amor, dolor, homosexualidad, lesbofobia interiorizada, libertad, cuidados, carencias afectivas, traumas, «normal» es un programa de mi lavadora, abyectas, degeneradas, valientes, locas, humanas... Sí, claro, Milan Kundera lo sabe, porque al final «es posible que no seamos capaces de amar precisamente porque deseamos ser amados».[5]

Y, si algo de esta historia te parece mal, échame a mí la culpa.

Introducción

Échame a mí la culpa

Antes de meterme de lleno en *Que no se te note* y en este escenario donde dos personajes van a desnudarse a base de verdades, quiero hablaros de una palabra que me cuesta utilizar porque según en qué contexto me da pereza, pero que describe perfectamente de dónde viene mi relación con la militancia y por qué lo relaciono con este libro: discriminación.

He estado en muchas presentaciones de libros LGTBIQ+, cultura marica, cultura queer…, y, sin embargo, cuesta muchísimo encontrar información sobre mujeres lesbianas, bisexuales o compañeras y compañeros trans. Es más, siempre me pregunto: ¿Y qué pasó con las lesbianas en la historia? ¿Dónde estamos? ¿Por qué no nos encontramos en la cultura popular? ¿En las canciones, en las calles o en los barrios? ¿Dónde estaría nuestra Ocaña, nuestra Ventura Pons o nuestra Eloy de la Iglesia? Es muy difícil encontrar información sobre nosotras, porque, si nos marginaron como mujeres, también lo hicieron como lesbianas, y eso lo convierte en una doble discriminación y, por ende, en una doble desaparición.

Hace años en un congreso LGTBIQ+ una mujer, profesora de música en Donosti, nos dio una charla sobre su juventud en Berlín y fue la primera que me habló de las LSD, de las que luego escribiré. Me contó que casi no existe información y que tan solo le quedaban unas fotos en su casa de aquella época y que tenía mucho miedo de que todo aquello se olvidase.

Hubo un tiempo en el que me obsesioné por encontrar mujeres que hubiesen tenido relaciones con otras mujeres y fui preguntando a todos mis amigos historiadores. Por ejemplo, un día Juan Sánchez, gran amigo y documentalista, me contó como Paloma Chamorro vivió sus últimos días con una mujer y me dejó caer que también lo hizo Mari Trini, personaje con el que me he obsesionado estos últimos años y del que casi no se sabe nada. Me he ido dando cuenta de que es un tema tabú el de las lesbianas en nuestro país, de tal manera que me siento un poco perdida y sin raíces. Pensar que las que han sido como tú ni siquiera tienen su huella en la historia y, peor aún, que nadie se haya puesto a pensar en ello.

Una de las personas que más luz me ha arrojado sobre este tema ha sido Anto Rodríguez. Además de ser alguien muy inteligente, investigador, doctor y escritor, es el creador del pódcast *COLOR JULAY*, que recomiendo encarecidamente. Para que entendáis en qué consiste, cito textualmente las palabras de Anto:

En este pódcast empezamos hablando sobre los cancioneros, aquellos tonadilleros queer de la España del siglo XX. A dibujar unas estampitas de estos artistas, las personas con las que vivieron, las estrellas del transformismo, el travestismo y la verbena, las calles en las que cancanearon, etcétera. *COLOR JULAY* es una suerte de cuentacuentos folclórico-marica desde el que preguntarnos cómo se escribe nuestra historia.

COLOR JULAY parece un documental sobre la memoria escondida hecho por un artista-investigador.[6]

Él fue el primero que me contó que las primeras transformistas en España fueron mujeres; es decir, que las drag kings llegaron antes de lo que nos imaginábamos. Anto me habló de cómo estas mujeres se paseaban por la Gran Vía madrileña. Me nombró a algunas de ellas para que no se olviden sus nombres e incluso existen fotografías donde se anuncian sus espectáculos: Ana Cora, Pilar Lerín, Estrella de Valencia, Fátima Miris, la gitana Dora y un largo etcétera.

Anto Rodríguez formó parte también del primer congreso postsexualidades en 2023, junto a Melani Penna Tosso, una de las mujeres que más sabe sobre sexo y bolleras de nuestro país. Este congreso se celebró del 9 al 11 de mayo de 2023 en la Facultad de Bellas Artes de la Universidad Complutense de Madrid.

Melani es psicóloga y tiene un doctorado en Ciencias de la Educación. Trabaja en la Universidad Complutense de Madrid, investigando en torno a las pedagogías raras y disidentes, y es profesora del Máster de Estudios LGTBIQ+ y codirectora del título de posgrado en Pedagogías Feministas y Queers. No contenta con todo esto, escribió una novela total y absolutamente maravillosa, *Bollo.* Tal y como la presentaron en su momento, es una novela punki, muy directa y desenfadada, y cargada de dosis de drogas, sexo y rock and roll. Ahora podréis entenderme que con estas amigas tan brillantes cualquiera se busca un hueco.

En este congreso descubrí mucho más sobre nuestras historias, además de un montón de nombres propios y una cantidad de términos que nunca en mi vida me habían puesto delante: el porno de Barbara Hammer, una fiesta de Barcelona llamada Bolleras al vapor, a Itziar Ziga, prácticas BDSM, sexualidades posthumanas...

En la descripción del congreso está este texto que desde el principio hasta el final roza el número áureo (la perfección matemáticamente hablando, por si no lo sabéis):

> Aproximación a lo que pudiera ser una postsexualidad: «Una postsexualidad debe ser con fuerza, una sexualidad transfeminista, decolonial, anticapacitista, LGTBIQ+, cuidadora, afectiva, donde entren todxs lxs cuerpos, cuerpxs gordes, cuerpxs lesbianxs, cuerpos que trabajan en las calles. Una sexualidad accesible, para todes, interseccional, no punitiva, y, sobre todo, crítica. Vosotres respondéis con vampires, revistas eróticas de la transición, árboles de penes, sexualidades fáunicas, deseo gorde, mucho (y nunca suficiente) arte coño-lesbiano, sexo alien, sexualidad sobre sillas de ruedas y sus devenires, asexualidad y muchas (y de nuevo insuficientes) problemáticas sobre el deseo».[7]

Esa propuesta fue un éxito. Por eso, Post-Sexualidades II se ha convertido en el congreso oficial del Máster en Estudios LGTBIQ+ de la Universidad

Complutense de Madrid y se ha celebrado este 2024 en la misma facultad del 17 y al 19 de abril con otro programa completo y lleno de descubrimientos.

Para la Rocío adolescente, que no sabía qué hacer con su vida y no era capaz de entrar en la RESAD por miedo, el hecho de que hubiese existido un máster en Estudios de Género y LGTBIQ+ hubiese sido un auténtico sueño. Personas como las que os he nombrado y más han hecho posible que podamos darle voz y forma a una historia que nos han obligado durante mucho tiempo a enterrar. Porque como dice la periodista Valeria Vegas, lo que no se habla no existe y, por consiguiente, queda en los márgenes.

Este año los cinco carteles del congreso los ha diseñado Javier Bachiller y cada uno de ellos son una obra de arte y una preciosidad. Representan la diversidad, la libertad y los pocos prejuicios frente a las sexualidades. Cada uno es un símbolo activista por sí mismo y creo que están hechos con mucha inteligencia y cariño.* «Cariño» también es una palabra que utilizaría para describir este congreso.

En la convocatoria se puede ver el dominio del lenguaje interseccional que muestra cómo nos pueden incluir a todes y dar un ejemplo de que no es tan difícil tratarnos bien porque el lenguaje crea realidades.

---

* Podéis disfrutarlos en su página de Tumblr: <https://post-sexualidades.tumblr.com/>.

La palabra tiene el poder de amar, pero también de dañar. Con un poco de esfuerzo podemos generar entornos seguros, tanto de baile como de ocio, de los que todes nos sintamos parte. Aquí tenéis el texto:

Las amigas que se besan son la mejor compañía. Postafectividades // Postafectos intergeneracionales // Vidas comunales, vidas poliamorosas // Cuidados y afectividad // Amistades como prácticas amatorias y de cuidados // El querer como sexo // Las prótesis de mis amigues son sexys.

Baby, si tú quiere', hacemo' siempre lo que tú quiere'. Devenires y complejidades del consentimiento // Prácticas BDSM y cuidados // Trabajo sexual // Cibersexo, cuerpo-imagen y apps // Pedagogías sexuales // Deseo desde el cuerpo enfermo // Asistencia sexual.

Cuando yo te bailo sé que tú te vuelve' locx. La pista de baile como cama, el baile como sexo, el sexo como techno // Espacios de deseo // Chemsex // Movimiento, ropa y petting // Bondage // Fetichismo // Cruising.

Esto de nacer mujeres en el tiempo de Despentes. Vulvas que mojan, coños que paren // Sexualidades y tabúes femeninos // Deseos en y desde corporalidades sáficas // Representación del cuerpo de la mujer, ¿dónde está? // Censuraste su coño, censuraste mi coño.

Una loba en el armario tiene ganas de salir. Auuu. Sexualidades posthumanas // Puppys y furros // Monstruos monstruosamente sexis // Prácticas amatorias y devenires del deseo cósmicos // Ecosex // Sexualidad y espiritualidad.

Tacones Prada (uh), qué rara (ah-ah), ay, qué rara. Tribus sexuales, osos, butchs, twinks y sus complejidades // Deseo y sexualidad en las prácticas drag // El placer —y no placer— representado: porno y posporno // Pedagogías sexuales.

Tenía tanto que darte... Prácticas sexuales no genitales // Placeres atravesados por siliconas: juguetes sexuales y dispositivos sexoafectivos // Fisting // Poemarios calientes // Las cartas de mi abuela me ponen cachonda // Historia(s) del dildo, del coito, del deseo.[8]

En esa búsqueda de la que os hablaba al principio, reconozco que mis referentes han sido siempre personas que he conocido en los bajos fondos, en el lumpen o en el infraunderground. No he sido una persona de ponerme a leer los clásicos o las clásicas feministas, sino de conocer gente en los afters, las casas okupa o los espacios autogestionados. He aprendido escuchando a Cristina Fallarás, leyendo a Ana de Miguel (que me marcó con su libro *Neoliberalismo sexual. El mito de la libre elección,* solo que ahora no puedo entender como personas tan válidas como ella estén en contra de las compas trans) o de la mano de Virginia González Ventosa y Jara García Omaña, docentes LGTBIQ+.

La increíble Itziar Ziga, autora de varios de mis libros favoritos como *Devenir perra* o *La feliz y violenta vida de Maribel Ziga,* ha estado presente en Post-Sexualidades II y dio una conferencia intachable donde se preguntaba a sí misma y a las asistentes que qué había pasado con las lesbianas y toda la historia. A esa pregunta, ella contestó: «Todas estaban en un sitio llamado el Patronato».

Una vez empecé a investigar, me obsesioné con él como la propia Itziar me vaticinó. La institución en concreto se llamaba Patronato de Protección a la Mujer y fue creado en 1941 y funcionó hasta 1983. Encontré una entrevista a Consuelo García del Cid Guerra, especialista en el tema y que conoce bien sus entrañas porque pasó por varios de los centros del Patronato. Ella hace unas declaraciones que hielan la sangre a la periodista Andrea Momoitio en *Pikara Magazine*:

Muchísimas eran hijas de madres solteras. Muchas también habían sido violadas por su padre, hermano, primos…¡y las encerraban a ellas! El padre, violador, venía a verlas los domingos. ¿Qué te parece? No sabía que había tantísimo incesto. Entré con quince años. Conocí a una chica que se había defendido de una violación y le pegaron un tiro en la tripa. La tenía destrozada.[9]

Cuenta también lo difícil que es encontrar mujeres que hayan estado allí y que compartan sus historias:

Tienes que tener en cuenta que haber estado tutelada por el Patronato es un estigma como una catedral.[10]

En la conferencia, Itziar vinculaba las violaciones con estar marcada a nivel social para toda tu vida, como una res con una señal que espera para el matadero. Desaparecieron en torno a cuarenta y cuatro mil mujeres en el Patronato, mujeres de las que no se sabe absolutamente nada.

¿Qué es lo que realmente pasaba con las lesbianas? Aquí tengo una de las respuestas y la verdad ojalá no la hubiese encontrado, pero por otro lado no tenía sentido que no existiésemos en el imaginario histórico cultural de este país. Supongo que muchas compañeras y hermanas estuvieron allí y de las que ahora, me consta, están intentando recabar información. No sabían cuánto tiempo estarían ahí dentro.

Las declaraciones de Consuelo no tienen desperdicio. La periodista Andrea Momoitio le pregunta si conoce un reportaje de la institución en *Vindicación Feminista*. Ella no solo afirma que sí, sino que corrobora algunas de las cosas que se exponían allí, como que las trataban como niñas y que no las dejaban crecer:

> Cambiaban el nombre de las cosas. No podíamos decir «bragas», teníamos que decir «cuquis» y el orinal era el «vasito de noche».[11]

Si de alguna manera con este libro consigo que todas nos obsesionemos con el Patronato y que empecemos a luchar para visibilizar ese episodio vergonzoso de la historia, habrán servido de algo estas páginas. La entrevista termina con un testimonio demoledor de García del Cid Guerra. A la pregunta de que hasta qué edad estuvo bajo el influjo del Patronato, ella contesta:

> Casi dieciocho. Antes me habría matado. Ese día salí corriendo por el pasillo hasta una terraza en obras, me iba a tirar. Una interna me cogió por la cintura y me dijo: «No les demos el placer de que tengan ninguna muerta». Esa es otra, el Patronato

no tiene muertas en la cuneta, nadie vino a pegarnos un tiro en la nunca. Los suicidios se justificaban como intentos de fuga o trastornos de conducta. La muerte de Inmaculada Valderrama, por ejemplo, en el reformatorio de San Fernando de Henares. ¿Intento de fuga? ¿De verdad crees que se iba a fugar en bragas?[12]

Me gustaría citar también a Álvaro Corral Cid (entre otras cosas se ha graduado en el máster en Investigación en Arte y Creación en la Universidad Complutense de Madrid) y contar un poco de su fascinante investigación. Él es un estudioso del franquismo y de la Sección Femenina. Para entender la naturaleza de su investigación, en la biografía de su página web podemos leer lo siguiente:

Sus estudios y práctica artística plantean nuevos puntos desde los que repensar nuestras epistemologías canónicas; desde un tórculo, un manuscrito polvoriento o un chaleco. Juntando cosas, rebuscando entre imágenes y mirando los significados hasta el fondo. Reflexionando a través de la práctica material y procesual como metodologías de investigación artístico-históricas, sus líneas de estudio dibujan profundos marcos alrededor de la reproducción del indumento tradicional en España, el desarrollo de identidades nacionales y regionales del país o la construcción de imaginarios contemporáneos a través de las imágenes y restos del pasado. El grabado, la costura y la indagación aparecen como sus principales disciplinas artísticas». De esta forma, puede contarte, por ejemplo, que un traje de torero se aproxima a lo queer y a lo posporno. Bien, Corral Cid se ha posicionado en el debate sobre el Patronato con una frase que jamás borraré de mi memoria: «Las chicas se levantaban de la nada en una cama del Patronato, sin saber cómo habían llegado allí o quién las había llevado allí con una maleta llena de ropa de sus hermanos (hombres cis se entiende).[13]

En otra entrevista de Nuria Coronado a Consuelo García del Cid Guerra, en *El faro de Vigo*, la autora dedica unas palabras a las lesbianas. García del Cid Guerra habla de uno de sus libros, *Las insurrectas del Patronato*, y explica cómo a todas las diagnosticaban lo mismo («trastorno de conducta»):

> Trastornos de conducta u homosexualidad. Las lesbianas fueron cruelmente castigadas por su condición sexual. Vivieron un infierno doble dentro del mismísimo infierno. Algunas conseguían pasar desapercibidas, pero quienes lo manifestaban cla-

ramente, o si las monjas encontraban cartas de amor dirigidas a otra interna, eran sentenciadas. Fue horroroso, pagaron por ser como eran, cierto que las demás también, pero ellas fueron tachadas de malas, pervertidas, poseídas por el diablo, degeneradas y un sinfín de calificativos espantosos.[14]

Curiosamente, la mayoría de los documentos del Patronato de Protección a la Mujer han desaparecido. Y con esta frase concluyo este tema, porque verdaderamente no soy una experta y cuanto más información iba recabando para el libro más me dolía. Ya que no me sigo explayando, lo que sí he intentado es hacerlo visible en otra plataforma más.

Si os habéis dado cuenta, he titulado esta introducción como la canción de Mari Trini, no porque sea superfán, haya sido superfán o me encante su persona, sino porque hablando con una amiga de la revista *Vogue* nos dimos cuenta de que no se sabe casi nada sobre ella. Suponíamos que era lesbiana, sabíamos que la insultaban porque aparecía con pantalones en sus actuaciones y, no he podido contrastarlo al cien por cien, pero parece ser que acabó sola y con problemas de alcoholismo por no haber vivido la vida que quería vivir.

Si os confieso la verdad, hay pocos personajes en los que me haya parado a pensar o que hayan generado en mí una duda interna. Todas sabemos cómo acabaron Alejandra Pizarnik, Sylvia Plath o Virginia Woolf, pero ¿qué pasó en España? Parece que solo nos fijamos en los referentes externos sin habernos parado siquiera a pensar en aquellas mujeres que no manifestaron su tristeza o su incomodidad, pero que nos dejaron mensajes entre líneas que no hemos querido ver. De aquí también podemos rescatar el «quién no se ha dado un pipazo con una amiga», que decía Lola Flores, pero, como entre broma y broma la verdad asoma, existe una historia que no nos han contado y que puede que desaparezca si no lo ha hecho ya.

No estamos hablando de hace tanto, la visibilidad lésbica y la bisexualidad han sido y son un muro de metacrilato para artistas, periodistas, cantantes, escritoras y toda mujer que se salga de la norma. No tenemos que irnos muy lejos ni viajar fuera de nuestras fronteras para darnos cuenta de que nos falta la cara B de nuestra historia.

«Échame a mí la culpa» podría haber sido otro título para este libro. Porque creo que lo que dice esta canción y lo que os estoy contando no son historias aisladas, sino las historias de todas.

Mari Trini es nuestra Frida Kahlo. Durante su infancia, por una enfermedad renal, estuvo años en cama. Es más, parece ser que en el primer bar lésbico de Barcelona, allá en 1975, el Daniel's (que las propias clientas llamaban Daniela, porque así se llamaba un grupo musical de su fundadora, María del Carmen Tobar), no solo se escuchaban sus canciones, sino que la propia Mari Trini acudía a él. El local empezó siendo clandestino. Por la fachada y la decoración interior tenía aspecto de pub inglés. Las clientas llamaban al timbre y dentro se encontraban con un montón de mujeres que bailaban, se besaban y se tocaban, libres. Tenían un eficaz sistema de vigilancia. Cuando la policía se disponía a entrar, una luz roja las avisaba y rápidamente todas dejaban lo que estaban haciendo así como los comportamientos que podrían ser sospechosos, se sentaban y hacían como si no pasara nada, como que estaban reunidas, tomando algo. Conocí a una de las DJ más populares del local, María Giralt, y me contó un montón de anécdotas. Creo que hay muchas historias silenciadas de mujeres lesbianas en la clandestinidad. Ahí hay un ensayo donde recabar información que es muy difícil de encontrar.

Como os estoy contando, el primer título que se me ocurrió para el libro fue *Échame a mí la culpa*, de Luis Miguel, porque su letra además me inspira. Tiene que ser así, porque la letra puede ser una lectura de todas esas mujeres que vivieron en la clandestinidad y un afán por rescatar su memoria. Algo a lo que me encantaría contribuir. Va por ellas:

Y, sin embargo, quiero
que seas feliz,
que allá, en el otro mundo,
en vez de infierno, encuentres gloria
y que una nube, de tu memoria, me
                    [borre a mí.

Por este camino de referentes, por esta senda de las olvidadas de la historia, me he topado con unas mujeres lesbianas y artistas, las LSD, que se hacían llamar «Las Sin Dedos» y muchas denominaciones más. He localizado un documento valioso que recoge lo que supusieron en su momento, en los años noventa. Dicho texto recopila extractos de entrevistas realizadas por la socióloga e historiadora Gracia Trujillo y por el artista y activista político Marcelo Expósito.*

Voy a tratar de exponeros lo que más me ha sorprendido de las LSD. En 1993, el barrio de Lavapiés se convirtió en un corazón que palpitaba militancia. Se juntaron una red de amigas que vivían y compartían intereses y vivencias comunes y se lanzaron todas juntas al activismo. En ese momento también nació La Radical Gai, otro importante grupo activis-

_____

* En este enlace podéis encontrarlo completo: <https://marceloexposito.net/pdf/exposito_lsd.pdf>

ta. En este ambiente vivo, las LSD surgieron porque necesitaban que pasasen otras cosas para continuar su vida en el barrio y dirigirse además a todo aquello que les parecía normativo, impositivo y opresor. Entre todas crearon un espacio, venían de distintos campos y se unían a iniciativas de otros países. Las redes y conexiones no dejaban de crecer. No se cerraban a nada. De pronto, sus revistas, fanzines y fotografías salían del barrio y se movían, significaban algo. La revista *Bollozine* o los fanzines *Non Grata* creaban un contenido necesario. Así, por ejemplo, se extendían por distintos sitios series fotográficas como *Es-cultura lesbiana* o *Menstrousidades* que dejaban al descubierto un deseo fuerte: no permitir que otros las representasen, representarse ellas mismas, rescatar con esas imágenes lo que estaba pasando en otros lugares con sus experiencias, deseos y realidades...

Las LSD empezaron proyectando una energía espontánea, intensa y dinámica. Podría decirse que junto a La Radical Gai fueron el primer grupo queer de este país. Hicieron cosas y tenían muy dentro unas palabras: «Defínete y cambia». Durante esa década de los noventa, con sus acciones y activismo, con su lucha contra el estigma del sida, con su presencia en diversas jornadas, con sus series fotográficas, fanzines y más, abordaron algo importante, una contestación continua hacia la representación de qué era el gay y qué era la lesbiana y cómo quedaban representados en los espacios múltiples y en el artístico en concreto. Qué lenguaje emplear, qué técnicas utilizar, porque si algo estaba claro es que «el arte también es político». Aquellos años noventa fueron intensos y ellas mismas supieron que no podían perpetuarse en el tiempo, pues hubiese ido en contra de esa reinvención continua de la posibilidad de ser diferentes. Ese es su legado. La necesidad de esa reinvención y de la existencia de una militancia de resistencia, que siempre esté ahí dejando ver el panorama.

No pretendo dar lecciones de nada con esto, pero que hubo y ha habido siempre una contracultura es verdad y tan real como esto. Que muchas mujeres que podrían ser referentes han tenido que ocultarse, hacer que no se les notara, incluso ideológicamente, también. Es difícil mantener una sola idea tal y como cambia el mundo. Lo que sí puedo afirmar es que España es el único país en el que siento que cuantas más cosas haces, más te critican, cuando debería ser al revés, ¿no? ¿No tiene más sentido que si tú te dedicas a malvivir haciendo varias disciplinas el gentío te lo agradezca en vez de criticarlo? Levantad la mano todos aquellos que sois felices con vuestro trabajo diario y sus ocho horas de esclavitud. Lo diferente molesta, y eso es algo que en nuestro país es palpable y definible. Os preguntaréis a qué viene toda esta bronca. Es porque quiero hablaros de otro referente para mí. Quiero hacer mención especial a cuando le echaron la culpa de morirse a Itziar Castro, amiga y compañera a la que siempre echaré y echaremos de menos.

Cuando Itziar falleció, escribí un texto en la revista *Forbes* sobre ella y con bastantes ideas que me gustaría rescatar. Itziar también utilizaba la cultura y el humor como arma arrojadiza. Castro es el ejemplo claro de una de mis frases favoritas, que además define bastante bien este país: «Entre broma y broma el mensaje asoma». Mi amiga Itziar decía a todo que sí, porque no se podía permitir un no. Solo que ella era sincera y valiente, no como la mayoría, que además invertimos tiempo en que no se nos note… ¿Os suena, verdad? Más allá de las críticas que recibía por su físico, estaban las relativas a su trabajo. Mi amiga sobresalía e intentaba llegar a todo lo que pudiese: actriz, directora, influencer, presentadora, humorista, escritora… Pero, en ese hervidero en el que se convierte X (antes Twitter), los jueces son implacables. Lo que más me duele es que en ese hervidero se han apropiado de la palabra «mocatriz» para atacar al que sobresale de la norma… Pretenden hacer daño a los que intentan, con todo el esfuerzo del mundo, hacer de este mundo algo menos gris. Roban la palabra a un querido grupo underground, Ojete Calor, que me consta que escribieron la canción que lleva dicho término como título con otro sentido.

A mi amiga se la denostaba en su camino por la supervivencia y en esa senda por vivir de la vocación. Siempre nos reíamos las dos, como quise recordar en ese artículo, con una frase: «¿Hay alguna lucha donde no te hayas involucrado?». Para ella la militancia era algo natural. No sé cómo podía llegar a todos lados. Itziar, como una gladiadora, salía a ese circo romano que la recibía con dedos hacia bajo e insultos, pero nunca se amilanaba. Ni se iba ni se retiraba de la lucha. Ella creía en mejorar la sociedad y en crear un mundo en el que todos pudiésemos soñar. Me demostró que decir «sí» es un acto de valentía, que no tengo por qué callarme y que mejor que el amor nos sobre a raudales...

Y haciendo una crítica, que no queja, de nuevo sobre lo que nos presionan a las mujeres por ser brillantes, por especializarnos solo en una cosa y hacerla supersupersuperbién, como si la mediocridad o el fracaso no se nos permitiese, al igual que la diversión, estoy recordando una entrevista a Françoise Sagan en la que ella reivindicaba bailar, beber y también la pereza. El periodista le dice que ser escritor es un trabajo serio, por supuesto la condescendencia por delante (como si ella no supiese lo serio que puede ser escribir un libro). No os miento si os confieso que escribir es una de las cosas que más me ha costado en mi vida y no os mentiría si también confieso que cada vez que me he sentado a teclear en el ordenador me he tomado un rivotril.

A lo que voy, el caso es que la Sagan con todo su coño le contesta que sus libros son chapuceros por pereza. Además, os pregunto, ¿quién decide que algo es bueno o malo? Para mí el arte significa provocar. Y, mirad, eso es lo que pretendo con este libro que tenéis entre las manos, provocar.

Volvamos con Françoise, ella dice que no quiere vivir como una boba, que ser intelectual le cansa y que no hay nada más cansado que parecer una intelectual. ¿No pensáis que tiene razón? Que lo parezcas no significa que lo seas y sentar cátedra es una de las cosas más peligrosas que hay. A ella le gustaba hacer tonterías y decirlas. No es mala lección, ¿no? Tal vez deberíamos hacer y decir más tonterías. Yo siempre digo que las malas situaciones son anécdotas para las amigas.

Me acuerdo de una novia que me dijo que todo el mundo le preguntaba qué hacía conmigo, que yo era una pieza redonda que no encajaba en su cuadrado (literal), que yo era una mamarracha. ¿No somos acaso las mamarrachas las que hemos derribado muros y montañas? Entonces ¿Françoise también lo era? En mi opinión, no se puede jugar a parecer una intelectual si no sales a vivir ahí fuera, si no te rodeas de personas, ambientes y lugares que te hagan escribir historias.

Decía Sánchez Ferlosio, y no es que a mí este señor me guste especialmente (por cierto, no viene al caso, pero lo suelto: ¿sabéis que tuvo una hija con Camen Martín Gaite que se llamaba Marta Sánchez?), que no hemos de despreciar el poder de la fealdad porque da entrada a la estupidez, y la estupidez es la puerta hacia la maldad. Entiendo aquí que se refiere a la fealdad de espíritu, de alma, no a lo estético. Y creo que tiene razón.

No hay nada más sexy que un error, un margen, una humildad y un ego bien gestionado. Pero de esto ya hablaremos más adelante. Este libro, o panfleto, lo único que pretende es hacerte bailar y beber y que no te dé pereza leerlo y que a mí no me dé vergüenza escribirlo. Como dice la gran poeta y también amiga Gloria Fortún: «La vergüenza seca los coños».

Sé de buena tinta lo que cuesta mantener a día de hoy la atención sobre cualquier cosa, levantarse cada mañana me parece el acto más valiente y heroico posible, y ducharte también, ya que supone tener en cuenta el autocuidado, lo primero que pierdes cuando entras en depresión. Por eso, este libro lo he vomitado teniendo en cuenta muchos momentos de mi vida, momentos duros, buenos, malos o muy malos. Lo único que pretendo con él es provocaros, porque para mí el arte significa provocar. Repito y lo pongo en mayúsculas por si no os habéis enterado: EL ARTE SIGNIFICA PROVOCAR.

1

El mismo día, el mismo año

Hace un día veraniego, de esos de los que te apetece más estar en la calle o en una terraza durante horas y horas, pero estamos en un gimnasio. En el fondo hay una pizarra con ejercicios que parecen de la clase anterior donde se puede leer SER BUENA PERSONA NO ES ATRACTIVO. Alguien lo ha debido de escribir durante un descanso. La sala tiene varios bancos, esterillas y bicicletas estáticas bastante viejas y mal cuidadas. En el suelo, en un rincón, hay muchísimas revistas antiguas de prensa del corazón, toallas, pesas y mancuernas. No es un gimnasio moderno, no está muy bien cuidado ni parece que sea muy caro prejuzgándolo a primera vista.

Perdonad si dejo tan pronto mi papel de narradora objetiva, porque vais a saber cada dos por tres lo que voy pensando de todo esto. Sí, sí, voy a ser una narradora intrusa. Yo, Rocío.

Isaki Lacuesta, cuando ganó este año la Biznaga de Oro en el Festival de Málaga con la película *Segundo premio*, que cuenta el principio de una banda, un grupo (en este caso Los Planetas), dijo que nadie se acuerda de quién fue ministro de Hacienda o de qué político salió tal día a decir chorradas, pero sí te acuerdas de lo que cantaba Kiko Veneno la primera vez que te enamoraste.

Yo le doy la vuelta a todo esto, espero que estas canciones os ayuden no a enamoraros, porque, además, como dice mi amigo Antón, con los antidepresivos no te enamoras, pero sí a despojaros de quien ya no vale, de lo que ya no vale, de los que ya, como dice Cayetana Guillén Cuervo, no tenemos fechas para ellos. De que le pidáis un taxi a quienes no aporten porque nunca se apartan, por lo tanto, lo que tenéis que hacer es apartarlos de vuestra vista.

Que las canciones os ayuden no a enamoraros, sino a olvidar. A bloquear, a mandar a la mierda. De vez en cuando hay que mandar a la mierda a la gente.

Aunque, también os digo, no sé por qué el cerebro solo hace que nos acordemos de las cosas buenas incluso cuando nos han maltratado en todos los niveles o cómo las madres olvidan el dolor del parto cuando es uno de los dolores más horribles que existen (según me han dicho) o por qué con los años seguimos echando de menos a personas que nos han tratado tan mal y borramos de nuestra mente los momentos que sí merecen la pena.

La clase es pequeña, entrarán a lo sumo siete u ocho personas. El reloj que está encima de la pizarra va a marcar las siete de la tarde. Álex, el profesor, está a punto de cerrar la puerta cuando entra una chica de pelo moreno, cabizbaja. La joven se cuela en la clase y balbucea algo cercano a la palabra «perdón».

Una vez se cierra definitivamente la puerta, hay un cartel enorme pegado en la parte de atrás: CAMBIA TU VIDA EN SOLO SEIS DÍAS. Parece el típico cartel de publicidad que lleva años allí puesto, pegado con un celo roñoso que nos da una pista bastante evidente de lo poco que han cambiado el programa.

La chica se coloca en la última fila al lado de una de las bicicletas estáticas; en las primeras están las personas que aparentemente ya han venido más veces, tienen miradas cómplices con el profesor y su ropa parece nueva y profesional. «Las caras, Juan, las caras». ¿Os acordáis, de lo que hemos hablado de las miradas? Julia, la chica que acaba de entrar (sí, así se llama), lleva puesta una camiseta con una publicidad cualquiera, unas mallas bastante usadas y un jersey que probablemente lleve días usándolo como pijama. Álex cierra la puerta.

ÁLEX: Buenos días, vamos a empezar. Me llamo Álex y soy vuestro profesor durante estos seis días. Bienvenidos a todos.

En ese momento se oye cómo alguien golpea la puerta. Álex la abre con el ceño fruncido después de haber visto que el reloj pasa de las siete y cinco.

PAULA: Perdón, sé que llego tarde. He salido volando de la oficina y he corrido todo lo que he podido.

Paula, que así se llama nuestra segunda protagonista, se sienta en una de las bicis, al lado de Julia. Paula la mira y la saluda, Julia baja la cabeza como si le diese miedo que sus miradas se crucen. Suena el teléfono de Paula. Esboza una sonrisa y lo guarda. No parece que venga en pijama, se la ve ilusionada, se ha ido a comprar un conjunto nuevo para empezar una actividad distinta. La ropa que se ha puesto está impoluta, recién quitada la etiqueta, es de marca. Se nota que a Paula le importa lo que opinen los demás y que disfruta cuando la miran. Necesita que la aprueben y siempre piensa que con esa actitud que tiene entrará en la jet set de la ciudad, donde los elegidos. Es un poco más joven que Julia, aunque a simple vista ambas parecen de la misma edad. Tiene la piel estupenda, ni un grano, le brilla muchísimo el pelo y huele de maravilla. Le apetece empezar, pero su teléfono no para de vibrar.

Julia no soporta su comportamiento en un principio, pero como no es capaz de expresar lo que siente no dice nada. Julia es incapaz de comunicarse en general, prefiere sufrir y pasarlo mal antes que ponerse por delante de los demás.

ÁLEX: Buenos días a todo el mundo. Me gustaría que antes de empezar me contaseis por qué estáis aquí. Empecemos por el fondo. Tú, sí, la chica morena. ¿Cómo te llamas?

JULIA: Hola. Me llamo Julia. He venido a clase porque mi terapeuta me ha dicho que me vendría bien el deporte para superar la depresión. Dice que tengo que dejar algunos malos hábitos. No me gusta mi vida ni lo que soy, pero me esfuerzo estoicamente en que no se me note y creo que mi mayor virtud es no ser yo.

El teléfono de Paula vuelve a sonar. Julia mira de reojo y se da cuenta de que es una notificación de Tinder.

ÁLEX: ¿Ah, eres la chica que lleva varias semanas escondida detrás del árbol?

JULIA: Sí, supongo que sí.

ÁLEX: Me alegro de que por fin te hayas lanzado a cruzar la puerta. No te preocupes, salir siempre es más fácil que entrar. Te dejo la puerta abierta por si lo necesitas.

JULIA: Gracias. ¿Te importa que vaya al baño?

ÁLEX: (*Asiente a la pregunta de Julia*). Tú, la que está a su izquierda.

CHICA UNO: Yo solo quiero adelgazar.

Después de una época en la que yo también transitaba los mismos malos hábitos para sentirme aceptada en conjuntos sociales, os contaré que, para combatir los miedos y las inseguridades, terminé apuntándome al gimnasio. Sí, ese que no puedo pagar y que estoy totalmente en contra de sus precios desorbitados, porque no sé si sabéis que es un negocio, que CrossFit es una marca y que no hay nada menos sexy que coincidir con tu vecino de abajo en la ducha. Pero, como os cuento, mi psicóloga me dijo que me vendría genial hacer deporte para superar todas mis adicciones: a las drogas, al trabajo y, sobre todo, a las personas. No me digáis que no sois adictos a las personas, porque no me lo creo. Yo, a día de hoy, no he superado ninguna de mis adicciones, pero por lo menos he aprendido que, para mí, la tranquilidad es el nuevo sexo.

ÁLEX: Aquí no venimos solo a adelgazar. Y tú no lo necesitas, la verdad.

CHICA UNO: Por favor, no me eches. En realidad, no quiero estar sola en mi casa. Me encuentro conmigo misma y no sé cómo evitarme.

ÁLEX: Y tú, la de al lado, ¿qué haces aquí?

CHICA DOS: Vengo a este gimnasio porque me han dicho que venía también mi ex. Estaba deseando coincidir con ella.

ÁLEX: ¿Y qué pensaría ella si te viese en la misma clase?

Le vuelve a sonar el teléfono a Paula, esta vez una notificación de Bumble.

CHICA DOS: Supongo que se extrañaría, claro... Pero sé que me quiere y que le gustaría que la estuviese buscando.

La chica sonríe de oreja a oreja. En el fondo, se alegra profundamente de que su ex no esté. Es consciente de que no sabe controlar sus emociones. La CHICA DOS siente un alivio enorme. No puede controlar lo que hace ni lo que dice, pero piensa que si el mundo o el destino no han querido que coincidan es sin duda una victoria para ella.

Cuando no somos capaces de pensar o de actuar por nosotros mismos, la vida elige por nosotros..., y casi siempre el camino correcto. Y, si no es así, como dice una amiga mía (va por ti, Cristina Gallardo), el universo lo dejará morir... Si no lo controláis, dejadlo morir.

Esta historia de gimnasio es una historia real. Una amiga sabía que su ex iba siempre a clase de natación a una hora concreta y en un polideportivo concreto; por eso se apuntó a la misma clase y le hizo creer que todo era pura coincidencia. Fue tan buena la interpretación que llevó a cabo que la otra persona pensó que el destino las había vuelto a juntar. Salieron de nuevo y fueron los años más bonitos que vivieron.

Esto y que hayan vuelto Ben Affleck y Jennifer Lopez cuatrocientos años después nos viene fatal a todas, porque queremos que se pierda la esperanza de verdad, no en sentido figurado y que luego te cases con tu ex de hace veinte años.

Por esta misma historia, escribí una canción sobre interpretar distintos papeles para gustarle a la otra persona. Precisamente de eso va todo esto, de dejar de construir personajes para que nos quieran, porque pensamos que no tenemos un papel suficientemente válido o bueno para ser amados. Si dejamos de poner el foco en nosotros mismos, quizá descubramos que son las personas que tenemos enfrente justo las que queremos conquistar, las que no nos merecen como protagonistas, que son ellas las que no se merecen que cambiemos ni que interpretemos otros personajes por completo distintos.

Pensad en una obra de teatro, todos los personajes son diferentes. Si cambiáis vuestro papel por otro, sois otro personaje distinto: tenéis otro texto, otros diálogos, otras necesidades y otro final. ¿Es vuestro personaje el que de verdad queréis cambiar? ¿Y si resulta que es el mejor de la obra? ¿Lo vais a cambiar por que a otros no les guste? ¿Si fueseis actores, cambiaríais el personaje principal por otro secundario, porque a los otros no les gustase? ¿Dejaríais de lado una flamante carrera artística por otros? Si contestáis a todo que no, ¿por qué lo hacéis en la vida real? ¿Qué es lo que está lleno de encantos: la casualidad o la necesidad?

A mí me inquieta profundamente la incertidumbre, supongo que por eso no me cuesta pensar que alguien puede ser capaz de aparecer en un gimnasio. No lo juzgo, porque quién manipula la realidad o quién decide lo que es verdad y lo que no lo es.

Yo no soportaba la incertidumbre hasta que conocí a Paloma. Ella es mi bruja, pitonisa y ahora amiga. Paloma se convirtió en un pilar de mi vida adulta, ahora no tomo una decisión sin que me eche las cartas. Vamos, que ha llegado a parar el coche y echarme las cartas en medio de la carretera. Gracias a Paloma supe lo que era la magia blanca y la magia negra.

He estado tan obsesionada con el amor que he llegado a meter el nombre de la persona de la que estaba enamorada en una manzana y la he guardado en el congelador. Lo hice tan mal y estaba tan nerviosa que puse el nombre de la persona que quería que volviese sin apellidos y sin nada. Así que me obsesioné con que apareciese una horda de personas con ese nombre (vamos a llamarla Laura), porque se me olvidó añadir el apellido. Imaginaos que empiezan a llamar a mi timbre todas las Lauras del planeta…

Hice la operación de la manzana varias veces y, como tenía miedo de hacerlo mal, grabé todo el proceso en vídeo, desde que iba a comprar la manzana hasta el final. Esto os puede dar una idea de lo trastornada que he estado por amor. A Paloma me la presentaron Eva y Lourdes, y hemos estado muchos años compartiendo consejos de Paloma entre nosotras.

En fin, que, como decía aquel grupo de música de Zaragoza y Gijón, La Costa Brava, «déjese querer por una loca. Es único». Me viene a la cabeza otra frase de Sigmund Freud (ay, de él tenía que ser) que dice: «Antes de diagnosticarse con depresión o baja autoestima, asegúrese de no estar rodeado de idiotas».

Bueno, sigo con la historia de la manzana. Confiando en que el mundo me daría la razón, le estaba contando la movida a mi amiga Bárbara, una actriz, escritora y dramaturga increíble en un taxi por Barcelona. Entonces se me puso a gritar: «Nooo, no hagas eso. Es magia negra». El taxista, que estaba mirando todo el panorama desde el espejo retrovisor, añadió: «Ni se te ocurra hacer eso, saca la manzana ahora mismo del congelador. Se te va a volver en tu contra». Cuando llegué a casa, la manzana no estaba en el congelador, no sé cómo salió de allí, pero no estaba. La verdad es que surtió efecto… No os digo que experimentéis estas cosas en casa, pero a mí me ha servido meter los nombres de mucha gente en el congelador para que apareciesen o desapareciesen de mi vida.

Bueno, en resumen, que Paloma se ha convertido en alguien tan importante que ya ni siquiera me cobra. Le he presentado a grandes nombres de la cultura de este país y ahora les echa las cartas…, y yo he logrado combatir la incertidumbre…, más o menos. Y Paloma se lo merece todo, porque ella siempre dice que no eres buena vidente si no has sufrido mucho, y puedo asegurar que Paloma ha sufrido más de lo que yo pueda imaginar que una persona puede llegar a sufrir.

ÁLEX: (*Se dirige a Paula*). ¿Perdona, te importaría poner en silencio el teléfono?

PAULA: Sí, perdona…, es que no puedo. De verdad, no puedo. Pero bajo el volumen.

ÁLEX: ¿Cómo te llamas?

PAULA: Paula, me llamo Paula.

ÁLEX: ¿Y qué haces aquí?

PAULA: Sí, pues, bueno…, vengo a superar problemas también. Supongo que como todas…, tengo ansiedad, un trabajo que no me gusta, no tengo dinero ni perro ni gatos ni sé qué hacer con mi vida…

ÁLEX: Sí, vale, vale, para. Bueno, vamos a empezar con el primer ejercicio. Calentemos un poco.

Toda la clase se pone a pedalear. Julia vuelve del baño. De pronto, se escucha *in crescendo* la canción de «El Amor» de Massiel. Por favor, escuchadla, porque esta canción define una relación amorosa desde el principio maravilloso y onírico hasta el final, cuando te hace ser esa que tú no hubieses querido ser nunca.

Es mi canción favorita sobre todas las cosas. Es una obra maestra en la que no se repite ni una sola frase. Hay un vídeo de Massiel en el que rompe a llorar en mitad de la canción, no puede contenerse. Fue durante una actuación en el mítico programa *Música sí*. Como os he contado, soy experta en recomendar canciones para superar rupturas; sin embargo, no tengo ni idea de temas para enamorarse. Yo nací perdiendo, os lo advierto. Mi hermana gemela y yo nos adelantamos dos meses al nacer... Como ya os he contado, me pasé ese tiempo metida en una incubadora para librarme de la bilirrubina que me sobraba para poder vivir... Así que, como podéis suponer, cualquier éxito lo celebro como si fuese único. Si me pongo a escuchar «El amor» de Massiel, siempre pierdo el sentido en el momento antes del desgarro, en el éxtasis:

El amor te hipnotiza, te hace soñar.
Y sueñas y cedes y te dejas llevar.
Y te mueve por dentro y te hace ser más.
Y te empuja y te puede y te lleva detrás.

PAULA: (*Se dirige por primera vez a Julia*). Joder, menudas cancioncitas nos pone, ¿no? Así no vamos a salir nunca del bache. ¿Cómo te llamas? Soy Paula.

JULIA: Julia.

PAULA: ¡Ay, qué bonito nombre! ¡Te llamas como mi gata!

JULIA: Me parece genial, ¿me puedes dejar en paz?

PAULA: Jo, perdona, solo pretendía ser amable.

Le suena el teléfono de nuevo.

JULIA: ¿Te importaría bajarlo un poco más? De verdad, molesta muchísimo.

PAULA: Jo, perdona, ya me gustaría. Lo siento, pero es que no puedo. Necesito ver las notificaciones según van llegando. No sé cómo explicártelo… Vamos a hacer una cosa, yo no te pregunto por qué has tardado tanto en el baño y tú no me preguntas por el teléfono, ¿te parece?

Julia asiente muy enfadada a la vez que sorprendida. Paula sonríe.

PAULA: Hoy por ti, mañana por mí.

La reputación a veces se adquiere sin miedo y se pierde sin culpa. Sí, así más o menos lo escribió Shakespeare. El autoboicot es una cosa muy nuestra, muy de lo femenino. Impostado como una losa gigante que pesa sobre nuestras cabezas… Y qué es el humor, sino un arma para combatir la mediocridad del enemigo contrario. Da igual cómo se llame.

No pretendo dar lecciones. En la actualidad, una obra la escribe cualquiera. Hoy en día todo el mundo tiene un libro. O un pódcast. Hoy en día todo el mundo tiene de todo, para qué nos vamos a engañar. Y todo el mundo tiene de todo, occidentalmente hablando (porque estamos hablando de países egoístas, desarrollados, europeos y americanos), no por la cultura de la meritocracia como ellos piensan o por la cantidad de carreras estudiadas, másteres o cursos online que los tiene cualquiera, no…, lo tiene por haber suplicado.

Todo lo demás es mentira, solo existe la cultura de la súplica. De la súplica y de los baños; y quien os diga lo contrario miente, porque como dice mi amiga Laura: «De los baños se sale con trabajo», y esta es la única verdad universal, estudies a quien estudies: la ética del trabajo, Karl Marx o a tu profesor de Literatura. La cultura de la meritocracia no existe, pero un buen suplicar sí. No conozco a nadie que le hayan llamado por su currículo, en todo caso por su Instagram. Ya os aviso que, si no lo tenéis, estáis en desventaja.

Siento deciros esto, porque no me habéis pedido opinión, pero lo que quiero es que no os dejéis el dinero en másteres cuando podéis dárselo a Greenpeace o compraros unas plantas bonitas para que se mueran en Madrid.

Pero vosotras, queridas amigas, de nuevo no sois cualesquiera. Sois diosas escogiendo vuestro destino. Que esto os sirva solo para decir: «Siempre puedo salir más fuerte, como el ave fénix de las cenizas». Pero no os lo toméis como la típica chapa filosófica de Los Caños de Meca, no estamos aquí para hacer pulseras de cuero, tocar la flauta o cantar al unísono: «Déjate llevar por las sensaciones». Por favor, que nadie se ofenda. Lo único que nos queda es reírnos de nosotras mismas. Por cierto, no me puedo permitir ni un ladrillo en Los Caños de Meca ni una autocaravana, que tampoco están a manos de cualquiera, y es que los campings no son tan baratos. Alguien tenía que decirlo.

No, aquí no vamos a debatir con un gin-tonic en vaso de balón vuestra conciencia feminista, vuestra orientación sexual, vuestra perspectiva de género, vuestra paciencia y vuestra forma física. La mía es nula, porque ya os aviso que hay dos tipos de personas, las que se pagan el gimnasio y no van jamás y las que no se lo pueden permitir. Yo soy de la segunda clase, porque el gimnasio, como el camping, tampoco es tan barato.

La mentira es otra manera de contar la verdad. Esto no es un análisis filosófico y teológico de la mentira, pero existe. Podéis encontrarlo en Google. También os podéis ir a cualquier charla TEDx de Borja Vilaseca y solucionáis vuestra vida, guapas, pero de eso hablaremos más adelante. Vais a escuchar reflexiones, tentaciones y emociones desde un punto de vista de amor homosexual femenino que, desde luego, es el mío. Pero espero que, cuando terminéis, os deis cuenta de que todas y todos sufrimos de la misma manera, tenemos los mismos traumas, las mismas inseguridades y las mismas carencias…

PAULA: ¿A qué te dedicas?

JULIA: Soy abogada.

PAULA: A qué te dedicas de verdad.

JULIA: Estudié cine.

PAULA: Entonces eres directora.

JULIA: En realidad cojo el teléfono en un bufete de abogados.

PAULA: ¿Y por qué no eres directora?

JULIA: Me quedé embarazada muy pronto. Era lo que tenía que hacer. ¿A qué te dedicas tú?

PAULA: Soy directora de comunicación en una empresa de comida rápida.

JULIA: ¿Y eso es a lo que te dedicas de verdad?

PAULA: Bueno, yo quería escribir, pero mi profesor de Literatura me dijo que no era lo suficientemente buena. Supongo que tenía razón. Pero ¡aquí escribo!

JULIA: ¿Ah, sí? Y ¿qué escribes?

PAULA: Pues posts, stories, copys. Esas cosas.

JULIA: Pero eso no es ser escritora, ¿cuántos años tienes? Vamos, ni yo tampoco soy directora.

PAULA: Treinta y cinco, ¿por qué?

JULIA: (*Como jactándose*). ¿Y con treinta y cinco años sigues siendo community manager?

PAULA: Ya, bueno, yo qué sé, por lo menos tengo trabajo. Además de mi profesor de Literatura, mi madre también me dijo que no valía para escribir, que se me daban bien otras cosas como, no sé…, decía que hablaba mucho y que eso se me daba muy bien. No me acuerdo de mucho más, porque se murió cuando yo era joven. Pero si mi madre dijo que no valía es que no valía, ¡no voy a traicionar su memoria después de muerta! ¿Te imaginas que ahora me pongo a escribir un libro? Qué absurdo. Además, ya tengo una edad y estoy superbién en mi empresa. ¡Ya tengo plaza de parking y todo!

JULIA: Pero ¿tienes coche o moto?

PAULA: No, no, qué va, no tengo nada, si no tengo un céntimo, pero cuando llevas cinco años en la empresa ya puedes optar a tu plaza de parking.

JULIA: Qué bien, tía, nunca se sabe cuándo vas a necesitar una plaza de parking. Ya… Ahora vengo, que voy al baño.

Decidí escribir esto porque el mundo duele. El día que le dije esto a mi psicóloga, me dio el alta. Concluyó que ya lo había entendido todo y que, a partir de haber llegado al punto de partida, tenía que aprender a que me doliese menos o por lo menos a que me diese todo más igual. Por cierto, qué gran canción «Punto de partida» y qué grandes estuvieron Rocío Jurado y Mónica Naranjo en el programa *Rocío siempre*. A la Jurado le quedaba ya muy poquito de vida, pero cuánto arte tenía a pesar de los pesares.

A partir de ahí le cogí mucho cariño a la frase «estar de vuelta de todo». De hecho, también escribí una canción con Monterrosa llamada «Estoy de vuelta», que os recomiendo encarecidamente que os la pongáis mientras leéis esto. Parece la típica mierda que podéis encontraros en una taza de Mr. Wonderful, pero es verdad, al final nuestra lucha es doble. Estamos luchando por ser mujeres y, luego, cuando nos queda un poco de tiempo, intentamos luchar por ser lesbianas. Y esto es una cosa agotadora y, sobre todo, aburrida, pero quiero hacerlo antes de que todas os hagáis gamers y no haya quien os soporte.

Esto no es una obra de autoayuda, pero puede que os ayude. De hecho, mi idea era que tuviese un subtítulo *Que no se te note. Manual de supervivencia para adultos*, pero Gonzalo, mi editor, y yo nos autocensuramos como buenos librepensadores del mundo moderno y nos acojonamos por si alguien verdaderamente se lo tomaba como un libro de autoayuda a lo Jorge Bucay y nos caía otra denuncia, que no estamos para más juicios. Como veis no está el subtítulo en la portada, pero no he podido resistirme y ahí está lo del manual en el prólogo.

Por lo menos, esto puede serviros para que dediquéis menos tiempo a mandarlo todo a la mierda. No os preocupéis, ya lo hago yo. Porque, por mucho que aparentemos, la realidad es que todas respiramos miseria. Como dice mi amigo Jota, ¿quién se acuerda de Tulum? ¿Qué es Tulum? Nadie ya se puede permitir ir a Tulum. La clave es que aprendáis de vuestra miseria.

Vais a escuchar reflexiones venidas desde la nada, pero al fin y al cabo esto lo estoy escribiendo yo y con quien intento conectar es con vosotras. No me culpéis si no lo consigo. Muchas son reflexiones reales de noches que he pasado en habitaciones de Airbnb mugrientas sintiéndome muy sola después de cada concierto o conversaciones por WhatsApp con gente crápula, detritos venidos de lo más profundo del lumpen, que te dicen: «Te quiero; veámonos», y al día siguiente ni recuerdan la conversación. Y es que a quién no le gusta un lumpen…

ÁLEX: Bueno, chicas, hemos llegado al final de la clase de hoy.

Todas empiezan a recoger.

PAULA: ¿Hacia dónde vas? ¿Te acompaño a algún sitio?

Le suena de nuevo el teléfono. Julia se la queda mirando ya de otra manera, porque empieza a entender que las dos están en el mismo barco.

JULIA: No, viene mi hijo mayor a buscarme. Pero gracias.

PAULA: ¿Tu hijo mayor? Pero ¿cuántos hijos y cuántos años tienes?

JULIA: Tengo treinta y ocho años. Y tengo tres hijos. Es lo que había que hacer.

2

Ser buena persona no es atractivo
(según para quién)

Un día más. Paula ha entrado y directamente se ha puesto junto a Julia en la clase. Ninguna de las dos ha hecho caso a las conversaciones de las demás alumnas ni a Álex, el profesor. Todavía no es la hora de empezar los ejercicios. Así que ellas van a su rollo, detrás de una columna. Julia está con el móvil. Paula con su ojo de lince puede leer los mensajes antes de que se lo guarde en la bolsa de deporte:

Me puedes contestar?

Llevas sin hablarme cinco días

Estamos en la misma casa y yo tomé
esta decisión porque me lo pediste tú

Grítame, insúltame aunque sea,
pero dime algo. No puedo soportar
más el silencio

A mí la verdad es que también me interesa solo lo que ellas hacen y hablan. De ese gimnasio, es lo único que me llama la atención. Escucharlas me hace pensar. Y mucho. Por ejemplo, ahora mismo Julia, aprovechando que queda un poco de tiempo, se va al baño. Paula atiende a varias notificaciones que le llegan. No pasan más de un par de minutos y Julia regresa de nuevo, seria.

PAULA: Perdona, no te conozco apenas, pero ¿estás bien?

JULIA: ¿Por qué lo dices?

PAULA: No, por nada. No tenía que haberte hablado, pero he entrado y te he visto igual que ayer, sola, triste y sin charlar con nadie.

JULIA: Vengo a hacer deporte, no a hablar con nadie. No sé si me escuchaste ayer…

PAULA: Pero en el mensaje le pides a alguien que te hable. ¿Qué extraño, no?

JULIA: No me lo puedo creer, ¿también cotilleas los mensajes de los móviles ajenos? No creo que tenga que darte explicaciones de nada. (*Saca el móvil otra vez de la bolsa*). Joder, encima me ha vuelto a bloquear. No puedo más. No quiero estar aquí.

84

PAULA: Pues no estés.

JULIA: Ya, claro… Es muy fácil decir eso, pero por qué siempre somos nosotras las que tenemos que movernos. Por qué siempre es la víctima la que tiene que salir corriendo. ¿Por qué no deja de haber verdugos?

PAULA: Vaya, Julia, pensé que nunca me hablarías… Y las primeras palabras que me sueltas son fuertes. Esto me recuerda a cuando alguien me pregunta si estoy bien, yo le contesto que no y no me vuelve a escribir más. Quién me manda a mi preguntarte.

JULIA: Sí, claro que hablo, pero me apunté a esta clase para huir.

PAULA: Me gustaría saber qué te pasa. Venga, va, ya que me pongo estoy aquí para hablar.

Empieza la clase y se ponen todos a pedalear. Suena la canción «Beautiful Life» de Ace of Base. Y Julia aprovecha para evadirse, para no seguir la conversación.

JULIA: Vaya canciones nos pone este hombre.

A Paula le suena el móvil sin parar.

JULIA: Por más aplicaciones que te pongas y más notificaciones que te lleguen no vas a ser más feliz.

PAULA: Oye, perdona, yo a ti no te digo nada de lo tuyo.

JULIA: ¿A qué te refieres?

PAULA: Que vas muchísimo al baño.

JULIA: A ti qué más te da lo que yo haga.

PAULA: Bueno, es igual, que lo he visto. Ya te lo he dicho antes. He leído el mensaje. No sé cómo lo hago, pero veo a grandes distancias y muy bien. En el tren también me pasa y me gustaría salvar la vida a muchas personas, pero no puedo, así que quiero intentarlo contigo. Quieres que alguien que no te habla te grite. Y eso no es normal.

JULIA: Ya sé que no es normal. La teoría está genial, muchísimas gracias.

El móvil de Julia suena de nuevo y alguien le envía una canción con un mensaje que dice: «He escuchado la radio y me he acordado de ti». Julia le da al Play y no puede evitar emocionarse. Paula no deja de observarla. Las dos han bajado el ritmo del pedaleo y pasan bastante de la clase.

PAULA: ¿Sabes que, si alguien te bloquea y te desbloquea continuamente o te deja de hablar durante días dentro de tu propia casa para después mandarte canciones diciéndote que se acuerda de ti, eso tiene un nombre?

JULIA: Sí, sé que tiene un nombre.

El círculo de abuso, así es. Yo nunca le había puesto nombre a lo que me estaba pasando. Igual que nunca le puse nombre al bullying que sufrí en el colegio. Ni al maltrato recibido por mis padres, mi hermana y al silencio de toda mi familia. Desde que nacemos, todos vivimos amenazados, bien por el sistema, por la familia o por la pareja. El miedo hace que te vuelvas pequeña, que casi no existas, porque paraliza. Y sí, la ira moviliza, pero para ser consciente de todo esto hay que hacer un camino muy complicado y a veces no llegas.

Lo más horrible es cuando dudas de ti, cuando te manipulan de tal manera que crees que la culpable eres tú. Yo llegué aquí, a entender todo lo que suponía el círculo de abuso, después de muchas amenazas y maltrato por parte de mis padres, mi hermana y muchas de mis parejas. Todo esto provocó que me acordase del colegio; no sabía que estaba sufriendo bullying hasta que un día lo recordé todo, lo escribí y lo publiqué en *El País*. Lo titulé «Me acuesto, amo y me río con quien quiero», toda una declaración de principios (ya volveré de nuevo a este artículo). Fue un texto por el Día contra la LGTBIQfobia en 2018 para la sección «Tentaciones». Ahí recordaba los pasillos del instituto, el chándal y mi corte de pelo a lo tazón y cómo Jesenia y su grupito de amigos me llamaban marimacho. Me seguían a todas partes. Pero también en ese texto proporcionaba una pequeña guía para superar los miedos a través del humor y la creatividad: «Ríete siempre de ti misma, por muy duras que se pongan las cosas».[15]

Cuando eres una persona maltratada, siempre vives con un sentido de alarma paranoico muy acentuado, pues estás al acecho del próximo golpe, esperando la próxima bronca y pensando que comes, hablas, te mueves, respiras y duermes mal.

Mi hermana encendía las luces a cualquier hora de la noche para que tuviese miedo, así que ahora me cuesta dormir, porque, cada vez que escucho un ruido, sueño con que ella aparecerá. Llevo tomando medicación desde hace más de diez años para calmar el miedo o la angustia de que vengan las bestias.

Te obligan a que pidas perdón incluso por cómo coges el tenedor y acabas sintiéndote una mierda, siendo el saco de boxeo de todo el mundo, aguantando frases como «Me das asco» o cualquier tipo de golpe. Lo único que quieres es que todo pare.

Si alguien ha experimentado también esta sensación, entenderá por qué en un caso de agresión sexual la víctima no emite sonidos, porque literalmente no te puedes mover, tu cuerpo se para, solo quieres que pase rápido, que al día siguiente no se note y que nadie vea que eres una persona débil o directamente rota.

Una vez, a una de esas amistades desconocidas, esas de una noche o un día, le conté todo lo que me estaba pasando y me dijo: «Rocío, estás en un círculo de abuso y tienes que salir de él. Y la única persona que puede hacerlo eres tú».

No sabía que estaba en un círculo de abuso hasta que un amigo me llamó por teléfono, no sé cómo ni de qué manera, y me abrió los ojos para siempre.

Ni siquiera era un amigo muy cercano; lo conocía de trabajar en el mundo de la música y lo veía muy de vez en cuando, pero creo que los que hemos pasado por situaciones así tenemos una especie de superpoder para ser capaces de ver cuando alguien está en la misma situación. Es más, en ocasiones sin darnos cuenta también hemos sido los ejecutores de ese círculo de abuso. A veces hacemos daño sin querer hacerlo y a veces las personas se hacen daño porque no pueden evitarlo.

Me llamó —quizá era la primera vez que hablábamos por teléfono— y me comentó que había pasado por una situación parecida, que cada vez que se encontraba con esa persona tenía ataques de pánico y que dio con alguien que le abrió los ojos y le explicó que estaba en un círculo de abuso. Que todas las palabras para definirlo eran inglesas porque en España todavía no se le había ni puesto nombre.

Cuando me lo contó empecé a darme cuenta de que estaba totalmente de lleno ahí dentro y comencé a ver películas y leer libros que tuviesen que ver con el tema.

Un día me propusieron ir a *Versión española* a hablar sobre la película *La vida de Adèle*, y había almacenado tanta información y conocimientos sobre el tema que identifiqué a la primera que la protagonista estaba inmersa en varios círculos de abuso. Ni siquiera creo que el director se diese cuenta, simplemente hemos normalizado tanto estos comportamientos que a primera vista nos parecen normales, pero no lo son, hacen mucho daño y puedes herir a una persona de por vida.

Así fue como conocí a Cayetana Guillén Cuervo, contando en directo en Televisión Española el círculo de abuso, y nunca más nos hemos separado.

Cuando se le pone nombre al dolor, a las conductas, a lo que te está pasando, creo que es más fácil identificarlo y poder, no sé si salir, pero sí darte cuenta de lo que estás sufriendo, y no solo tú, sino que seguramente también la persona que tienes enfrente.

Con los años me he dado cuenta de que hasta la persona que te lo está haciendo está sufriendo. Mucha gente no es ni siquiera consciente de estar hiriendo, de querer salir de una relación, pero no saben cómo, o simplemente han dejado de quererte o no sienten lo mismo y no saben cómo verbalizarlo.

Quiero pensar que hacemos daño sin darnos cuenta, y esto es algo que he descubierto con el tiempo. Abandoné la ira que tenía dentro para poder empatizar incluso con la gente que más daño me había hecho, perdonar y darme cuenta de que también estaban haciendo lo que podían. No quiero pensar que las personas nos dañamos deliberadamente, no creo que el cerebro tenga esa capacidad, pero sí creo que la empatía es un bien muy preciado y que muchas de las personas que te han hecho daño, o a las que tú has herido, todas nos hemos arrepentido. Otra cosa es que lo verbalicemos o que alguien quiera escribirte diez años después para pedirte perdón porque no supo hacerlo de otra forma.

A mí me ha pasado. Yo también lo he hecho. Te das cuenta de lo dañados que estamos todos.

El círculo de abuso, y lo transcribiré de manera literal como lo hice en Televisión Española. Dice así:

El círculo de abuso viene precedido por la ley del hielo, cuando a tu pareja le preguntas «¿Qué te pasa?» y te contesta «Nada, nada, nada», todas y cada una de las veces (podéis verlo en las viñetas de Moderna de Pueblo, que explica genial esta técnica del hielo). Es una falta de comunicación, directamente no te contesta, te ignora, que estamos pasando, que hacemos del ghosting y el gaslighting una broma, estamos llegando a hacer humor con prácticas que pueden destruir a una persona. Esto no son bromas, es maltrato.

Empieza el ghosting, desaparece, después viene el gaslighting, te hace creer que estás loca, que todo está en tu cabeza, que estás mintiendo y no te da opción a hablarlo, solo existe esa verdad y ese universo y no es el que estás sintiendo. Te invalida totalmente tus inseguridades, lo que hace que se te disparen y se te multipliquen por mil. Cayetana dice que el famoso «Estás loca» es como ponerle nombre a todo lo que te está pasando. Cuando le pones nombre al dolor lo puedes combatir, si no sabes lo que te está pasando, si no sabes qué te duele, si no sabes dónde está esa lesión, no puedes remediarlo. El círculo de abuso solo puede darse cuando una de las dos personas está muy enamorada de la otra, y cuando se quiere mal ya sabemos lo que pasa cuando alguien está muy enamorado de otro.

Una vez me dijeron que las relaciones tenían que ser horizontales, no verticales, que no tenías que trepar para llegar a la cima, que el camino debía ser llano y democrático.

Después llega el stonewalling: «Necesito espacio, necesito tiempo». No te da opción a nada, es una imposición. Solo te queda respetarlo. No te deja comunicarte, desaparece. Y tú si no lo respetas eres de todo menos bonita. Te ha pedido espacio, tienes que respetarlo, sean días, meses, años… Es lo que hay. No te puedes quejar: lo asumes y punto.

Acabas destrozada con la desaparición, no entiendes nada, tu cabeza solo da vueltas, la angustia no te deja comer, no te deja dormir, no te deja ducharte, levantarte cada mañana ni afrontar el día.

Esta persona decide cuándo y cómo podrás hablar con ella, que puede llegar el día o puede ser que no ocurra nunca. Tú no tienes ni voz ni voto, tú solo puedes aceptarlo y sobrevivir como puedas, muchas veces sin ni siquiera una razón o motivo.

Asumes que nunca volverá y te dejas toda tu energía, y dicho sea de paso todo tu dinero, en comenzar a olvidar. Empiezas a pensar en ti, a asumir que se ha acabado, que ya no está y que tienes que seguir hacia delante.

Y cuando empiezas a mejorar, a ver la luz, a tener de nuevo ganas de vivir e incluso te fijas en alguien, o alguien en ti, y te cuida y te trata bien, un día te manda un mensaje: «Ha sonado esta canción y me he acordado de ti».

Esto es el love bombing. Ese mensaje hace que se paralice de nuevo tu mundo.

Vuelves a esa relación, llega la luna de miel. Te dice que te echa de menos, que nunca ha estado con nadie como tú, que te quiere con locura, que quiere tener hijos contigo, que está enamorada de ti y que por fin ha visto claro y se ha dado cuenta de que quiere estar contigo.

Y vuelves de lleno a entregarte a sus brazos, a comprarle flores, a escucharle horas y horas sobre su trabajo pese a que no le interese absolutamente nada el tuyo, ni siquiera te escuche, ni siquiera sepa sobre tu vida ni tus amigos. En cuanto esa persona ve que vuelves a rendirte en sus brazos, ¡boom! Vuelve a desaparecer, vuelve el ghosting, vuelves a la casilla de salida, vuelves a morirte un poco más por dentro, pero ahora es peor si cabe.

Te preguntas cómo has vuelto a caer, cómo has vuelto a dejarte engañar, te machacas a ti misma por mediocre, por no haberte dado cuenta y haberlo evitado, y vuelves a ser tu peor enemiga para ti misma por haberte dejado volver a pasar por encima.

Los círculos de abuso pueden darse una y mil veces en una relación, y en cada vuelta te vas muriendo un poquito más.

Dejan lesiones de por vida, disociaciones, traumas… muy serios que pueden llegar a destruir a una persona. No te culpes por no ser capaz de reconocerlos, no te culpes por haber caído, no te culpes incluso por haberlo hecho, solo identifiquemos el amor y no la guerra, cuidémonos, porque, como dice mi canción, «ha llegado el momento de querernos bien», la cual escribí cuando conocí a quien me regalara un iPad que veréis en los próximos capítulos, y me enamoré desde el minuto uno. Y al principio todo es bonito, pero lo que empieza mal acaba mal y no pasa nada. Pero no pierdas el tiempo donde no te quieren porque somos la lucha de las que no pudieron querer a sus entonces amigas. No supe quererte bien, pero tampoco supe quererme bien.

JULIA: Quizá yo provoque que no me hable.

PAULA: No, Julia, estoy segura de que tú no has provocado que no te hable. Vivís en la misma casa, uno no hace lo posible para que no le hablen.

JULIA: Quizá yo provoque que me encienda la luz todos los días para no dejarme dormir.

PAULA: ¿Te enciende la luz todas las noches?

JULIA: Sí.

PAULA: Y ¿por qué dejas que lo haga?

JULIA: Toda mi vida simplemente he dejado que todo esto ocurra.

PAULA: Noto en tus ojos que estás rota. Lo sé porque yo también lo he estado… Lo estoy.

JULIA: Ya, pero creo que no puedes llegar a entenderme. Me casé porque no tuve más remedio, pero, en realidad, estaba enamorada de otra persona. Mi madre se murió muy pronto y no me quedó otra que hacer lo que tenía que hacer en ese momento… Este tema me hace daño, prefiero que lo dejemos aquí, aparcado.

PAULA: Sí, lo voy a aparcar. Tengo otra pregunta… Y esa persona a la que amabas…, ¿no sería una mujer? Vamos, que yo no soy nadie para decirte esto, pero lo noto en tus zapatillas.

JULIA: ¿En mis zapatillas? ¿Por qué?

PAULA: Porque son planas. Y ¿comes mucho pollo?

JULIA: Me encanta el pollo, ¿por qué?

PAULA: Eso decía la madre de una amiga mía… Que cada vez había más lesbianas porque alteraban las células del pollo… Por cierto, siento lo de tu madre.

JULIA: Fue hace mucho, apenas recuerdo su rostro. Es absurdo lo del pollo…, pero, bueno, sí. Y las zapatillas, pues no sé, siempre me han gustado, pero mi marido me decía que tenía que ser discreta y que no llevara colores que pudiesen quitarle la atención.

PAULA: ¿Eso te decía?

JULIA: Bueno, eso me dice…, que cuando estoy yo, él es invisible.

PAULA: A mí eso también me lo dijo una chica con la que estuve…

JULIA: Ah, pero a ti también…

PAULA: Bueno, bueno, bueno… ¡¡No!! Yo jugueteo. No, no, por Dios, soy una persona normal.

JULIA: Ah, entonces yo no soy normal.

PAULA: Bueno, sí…, ya me entiendes. Tienes tu marido, tus hijos y todo.

JULIA: Ya, pero no soy feliz.

PAULA: Feliz no es nadie, Julia, lo importante es pasar desapercibido y no llamar la atención.

JULIA: Es que a mí me encantaba llamar la atención. Me gustaba crear historias, jugar a dirigir a las personas en los semáforos, tenía cortos y películas escritas, de niña me encantaba escribir canciones y se las cantaba a las chicas que me gustaban. Bueno, a ellas no, ellas no estaban, pero yo se las cantaba y soñaba con darles la mano en las fiestas del barrio. Recuerdo mi primer orgasmo…

PAULA: ¡Toma ya, Julia, te empiezas a soltar a lo grande!

JULIA: Hacía muchísimo calor, era junio, las fiestas de San Antonio de la Florida. Estábamos disfrutando de un escenario enorme y tocaba Azúcar Moreno, cuando lo tenían todo más claro…, ahora creo que se les ha ido del todo la cabeza. Me había comprado un algodón de azúcar, no tenía ni dieciocho años…, y me puse durante toda la noche al lado de la monitora del campamento solo para oler su perfume. Lo recuerdo como si fuese ayer, me quedé mirándola durante horas. Hubo un momento en que creo que ella se dio cuenta, pero todo daba igual. En mi mundo estábamos ella y yo. Se llamaba María y recuerdo componerle la primera canción que hice.

PAULA: ¿También escribes canciones? ¡Creo que aquí la escritora eres tú, no yo!

JULIA: Bueno, todas le hemos hecho una canción a alguien alguna vez, ¿no crees?

PAULA: Sí, eso es verdad. Yo he escrito muchas, pero nunca se las canté ni se las enseñé.

JULIA: Imagínate la de cosas que nos hemos guardado y que nunca le hemos enseñado a la persona a la que queríamos, por vergüenza, por miedo al rechazo o simplemente por no tener el valor suficiente de hacerlo.

PAULA: En eso tienes razón. Yo tengo muchos correos en borradores. Y cantidad de mensajes del Nokia 3310 que nunca llegaron.

JULIA: Pues ¿sabes qué? Ese día, el de las fiestas, mientras mirábamos ese concierto infumable, María, la monitora, me dio la mano. Creo que fue la primera vez que sentí un orgasmo, como te digo. Me dio la mano y no me la soltó durante un rato muy largo. El mundo se paró, solo estábamos ella, nuestras manos y yo. Lo que nunca sabré es si sintió lo mismo que yo o simplemente tuvo la intuición de que me moría de ganas de que me tocara.

PAULA: Oh, guau…, y ¿no la has vuelto a ver?

JULIA: Sí, alguna vez, pero no me atrevo a decirle nada. De hecho le escribí una carta que siempre llevo conmigo por si alguna vez soy capaz de dársela.

PAULA: ¿Me dejas leerla?

JULIA: Supongo que no pierdo nada compartiéndola contigo. Estas palabras llevan años encerradas en un papel sucio. Se las escribí mucho después de la anécdota que te he contado, por si me la encontraba alguna vez en el mercado. Muchas veces compré comida para dos por si me la cruzaba, pero el azar nunca funcionó allí.

Julia saca de su cartera un papel desgastado y doblado en mil trozos. Lo desdobla con cuidado y se lo muestra a Paula, que lo lee rápido.

Hola, María:

Si has recibido esta carta es porque he tenido la autoestima y la valentía suficientes para poder dártela. Lo cierto es que nadie nos puso en preaviso de que esta era la época de los mediocres. De que a quien nace para martillo del cielo le caen los clavos.

María, lo siento si esto es un delirio. Me hacen sufrir, sufro y lo comparto contigo. Te dejo una guía a la que aferrarte si el dolor te acecha (o más bien esa guía es para mí). A veces tú eres la destinataria de esta carta y, otras, todas esas personas que alguna vez me han hecho sentir algo, bueno o malo, pero sentir. No te preocupes si no entiendes lo que te digo, ni siquiera sé si esto va dirigido a ti.

Este es mi homenaje a los terroristas emocionales. Esta es vuestra mejor obra hasta el momento. El daño que provocáis, los amores que dejáis en el camino, la herida que ya no desaparece…

Algún día, todo esto será tuyo; eso sí, debes aprender que las personas solo pueden cambiar un 15 por ciento, pero, a veces, con eso basta.

Mierdas son aquellos que no entienden tu mierda. Todo el mundo miente, es cobarde y tiene miedo. Tienes que mirar, observar, escuchar detenidamente mientras enfatizas con una idea, debes aprender a solucionar tus problemas con los hombres de otra manera. Con esta, son seis veces ya las que me han rechazado en una semana.

Pese a que me esfuerzo por comprenderlo, mi psicóloga me consuela llamándome melancólica. Me dice que soy especial. Con esfuerzo, puede que llegue a gestionar… el dolor.

Sigo sintiendo que soy la llave de los sentimientos más profundos. No sé a ti, pero a mí me gusta enamorarme una media de setenta veces al día, setenta, ¿eh?

Sé que solo soy una persona normal y que nunca seré lo suficientemente buena, guapa o lista para ti. Pero ¿«normal» no es acaso solo un programa de mi lavadora?

¡Sí! Pienso «Esta vez saldrá bien, esta vez sí».

Pienso que la locura no es para mediocres; que, para tener una relación a distancia, hay que tener nómina; que se puede separar sexo y amor, pero no por mucho tiempo, y que, para mí, estar loca significa vivir la vida como si importase.

Cada una somos como somos, tenemos la vida ocupada, tenemos otras cosas y hacemos lo que podemos, y, a veces, lo que queremos.

Y estamos en nuestro derecho.

Me han dado más excusas para no acostarse conmigo que para hacerlo. «No voy a acostarme contigo hoy, porque, en realidad, he venido a ver a mis gatos». «Nos vemos dentro de tres semanas, porque estoy muy liada».

Ahora soy consciente de que la vida está llena de encuentros superficiales. Intenta enamorarte de tantas cosas como te sea posible.

Voy a clavarme un corazón en el pecho y me arrancaré este cuchillo que ya no late.

Llevan toda la vida diciéndome que no tengo edad para que me vaya bien. Entonces, ¿cuándo es la edad de que me vaya bien?

A partir de ahora, si ves que me hago pequeña, no te inquietes. Tengo derecho a desaparecer.

Si me dejas, creo que lo más fácil será seguir perteneciendo a la cofradía del sufrimiento.

Un beso que espero algún día te llegue.

PAULA: Guau, tenemos que encontrar a María. Claro, es que tú imagínate que todo nos va bien, no sabríamos qué hacer con ello. No sabríamos qué hacer con la bulimia del egocentrismo.

JULIA: Yo era una persona intrépida, ¿sabes? Lo era.

PAULA: Decían en la serie *El problema de los tres cuerpos* que los humanos no habrían sobrevivido si hubieran sido intrépidos, porque para sobrevivir necesitamos escondernos y tener miedo.

JULIA: Así que… ¿si hubiese algo ahí fuera, nos aleccionaría sobre cómo tenemos que vivir?

PAULA: Bueno, esa es la teoría, sí…

JULIA: Vivimos cada día bajo amenazas y aun así tiramos hacia delante como podemos. Ha habido muchas Marías en mi vida y ni siquiera sé si ellas saben que para mí existen.

PAULA: Es duro saber que quizá esas personas que para ti son tan importantes no tienen ni idea de que lo fueron para ti.

JULIA: Lo es. ¿No te ha pasado lo mismo a ti? Seguro que sí.

PAULA: Entiendo totalmente a lo que te refieres con lo de las amenazas. No soy capaz de dar ningún paso a ningún lado, porque siento que, si lo hago, perderé lo poco que he construido.

JULIA: Eso es lo que quieren que pienses, que moviéndote hacia un lado habrás perdido lo mínimo que crees que te pertenece.

PAULA: Ya, sí, tienes razón. Me esfuerzo muchísimo en que no se me note que odio el trabajo que tengo y otras cosas que rodean mi vida.

JULIA: Bueno, yo te lo noto, pero también soy experta en que no se me note nada.

PAULA: ¡Yo te lo he notado todo!

JULIA: Quizá te estoy dejando que lo notes.

De repente, suena «Murder on the Dancefloor».

PAULA: Esta canción me encanta.

JULIA: A mí también. Enseguida me ha venido a la cabeza el momento en el que suena en *Saltburn*. Viéndola recordé por qué me gusta tanto el cine. También siento lo que significa para mí el cine cuando me pongo frente a las películas de Xavier Dolan. Muchas veces he pensado en escribir películas que reflejen momentos de mi vida. Dolan lo hizo con *Yo maté a mi madre* y me estalló la cabeza.

PAULA: Creo que todavía estás a tiempo…

JULIA: Sí, es verdad, todavía estamos a tiempo. Me acuerdo de esta canción sonando en un campamento al que fui de pequeña. No recuerdo exactamente dónde estaba, pero sí que hacía calor. Estábamos en la piscina…

Cuando recuerdas momentos, instantes en los que eras feliz, inmediatamente te preguntas por qué no seguiste siendo la persona inocente, con fuerza y con ilusión que ya no eres. Y te invade un sentimiento de melancolía. Miras hacia dentro y te das cuenta de la cantidad de años que han pasado desde aquel recuerdo y de que lo tienes grabado a fuego, porque eras quien querías ser y como querías ser. Eso les pasa también a Julia y Paula.

Dicen que cuando alcanzas la mayoría de edad, los dieciocho, te haces más independiente, pero no es verdad. Encarcelas tu imaginación, tus límites te oprimen, te ahogan, y ya no eres la persona que querías ser. La mayoría de edad te convierte en un esclavo más. No es para nada tu camino hacia la libertad, sino todo lo contrario.

Ellas son conscientes de que se les acaba el tiempo. ¿Qué tiempo?, os preguntaréis. Pues ese, el tiempo. El de las expectativas, el que no te preocupaba cuando tenías dieciséis y te planteabas la cantidad de millones de planes y de hijos que tendrías a los treinta…

JULIA: … la canción pasaba sin pena ni gloria. Solo recuerdo las notas, porque era muy pequeña para retener también la letra. Nos dividían en grupos y yo solo quería que me tocase con una de las monitoras, de la que me da mucha rabia no recordar el nombre. Era muy muy pequeña. Lo sé porque me acuerdo del tacto de sus manos al ponerme los manguitos. A mí nunca me ha gustado el agua, y eso que soy piragüista.

PAULA: A mí tampoco, pero sí me gusta bucear. Bucear te da paz, es como si volaras.

JULIA: Sí, eso es verdad, bucear te genera mucha paz. Pues es casi lo que hice yo en ese momento. Recuerdo que nos llamaron para hacer algún taller o actividad y dije que estaba cansada. En realidad, aunque no lo parezca, siempre he sido un poco vaga.

PAULA: Desde que hemos llegado no hemos dado ni una pedalada, así que supongo que las dos lo somos. Las dos hemos venido solo por el cartel. ¿Te imaginas que fuese cierto? ¡Cambiar nuestra vida en seis días!

Julia por primera vez se ríe a carcajada limpia.

JULIA: Me empiezas a caer bien.

ÁLEX: ¿Por favor, las del fondo, podéis callaros?

Julia y Paula se miran con mirada cómplice, como si fuesen quinceañeras.

PAULA: Bueno, ¿entonces qué? ¿Qué pasó con la piscina? ¿Qué ocurrió con la monitora?

JULIA: Nada, como todo en mi vida. No pasó absolutamente nada. Me dejó que me cobijara bajo sus piernas y me quedé mirando aquella maravilla que sobresalía ante mí…

PAULA: Tía, por favor, ¿en serio?

JULIA: Sí, de hecho le salían los pelos por el bañador y yo miraba uno a uno hasta dónde llegaban. Pero no era para nada una imagen lasciva ni es lo que estás pensando. De repente, sentí que era mi hogar, mi casa, mi lugar de protección…

PAULA: Ya, ya lo entiendo. Me da muchísima rabia no haber sentido nunca nada así.

JULIA: Seguro que sí lo has hecho, pero no te has permitido sentirlo. Todas las veces que he sentido algo así, para mí no había nada malo, solo me dejaba llevar.

PAULA: Yo lo único que recuerdo son las rupturas. Es como si hubiese borrado todo lo que existía antes de eso, porque es demasiado doloroso para mí.

JULIA: Eso es porque tu cuerpo y tu cabeza lo han querido así. Las mujeres no se acuerdan del dolor del parto y es el más doloroso que hay… Yo, de hecho, me he dado cuenta de que he borrado parte de mi infancia y muchas partes de las palizas de mi vida. Si no borrásemos todo el dolor, no podríamos seguir avanzando…

PAULA: A mí lo único que me queda es hablar de mis rupturas. Dos polvos, dos rayas, dos amigas, dos en la carretera, dos cabalgan juntas, que decía Almodóvar. Aunque a mí, que me gusta mucho una buena referencia, me imagino más pegada al contestador de las protagonistas de *Atómica*, la película de Alfonso Albacete. Si llamabas a ese contestador, salía la voz maravillosa de la heroína de la película, que tenía el rostro de Cayetana Guillén Cuervo, y te soltaba: «Si quieres dejar un mensaje, piénsatelo, porque este contestador está lleno de mentiras».

JULIA: No es fácil salir del dolor, tiene algo de adictivo. Igual que las drogas, igual que las personas. Siempre pienso que el dolor es necesario y el sufrimiento también. Ya sabes que, sin embargo, la frase original dice que el dolor es necesario y el sufrimiento opcional. Trato de averiguar qué hay en mi historia que me haya hecho adicta al dolor, piénsalo tú también. ¿Crees que existe alguien que no sea adicto al dolor? Pienso que una cosa es que no lo diga y otra es que no lo sea…

En mi opinión, las personas del colectivo podremos amar diferente, pero todas sufrimos igual. Verdaderamente no sé quién dijo esta frase, pero es oro: «Podrás borrar mis mensajes, podrás borrar nuestras fotos, podrás intentar olvidar nuestras conversaciones, pero nunca podrás deschuparme el coño».

PAULA: Es verdad que la vida aprieta pero no ahoga. No soporto esas frases que pueden leerse por ahí y que te sueltan cosas como «Señor, concédeme serenidad para aceptar todo aquello que no puedo cambiar, valor para cambiar lo que soy capaz de cambiar y sabiduría para entender la diferencia»…

A veces me asusta lo que estos personajes se parecen a mí. Lo que sus vivencias se asemejan a lo que yo he vivido. Lo bien que las entiendo. No, no soporto tampoco esas palabras… No hay serenidad en mi vida.

PAULA: … Recuerdo una vez que estaba en la más absoluta depresión y mi amigo Jota me envió una plegaria o meditación milagrosa en francés para que la recitara todas las noches. Me proporcionó unas sencillas instrucciones, que daba igual que no entendiese nada, que recitara esas palabras porque mi vida iba a cambiar. Obviamente no me sirvió ni para aprender francés, ni siquiera he conseguido saber lo que decía porque nunca me he molestado en buscar su significado. Ay, Julia, estoy loca en el mejor sentido de la palabra, porque a mí me encanta esta palabra, y te confieso que he sido adicta al tarot, a las terapias sanadoras, a una señora que decía que hacía *ThetaHealing* y que hablaba con «la fuente», incluso he estado a punto de cambiarme la sangre para convertirme en la misma Kira Miró... Me he dejado un montón de pasta en pitonisas y todo para que me adivinen el futuro, porque lo que menos soporto en esta vida es encontrarme conmigo misma y con la incertidumbre...

JULIA: Que no te engañen, encontrarnos con nosotras mismas es lo peor que nos puede pasar. Yo quería ser actriz para ser otras personas. Esas otras personas pueden ser guapísimas, estupendas y ricas... ¿A quién le gusta ser pobre? A nadie le gusta ser pobre, que no te mientan. A todas nos gusta tomarnos un mojito en un beach club. A veces vamos de que solo nos tomamos cuatro..., pero vayamos con la verdad por delante, que luego nos quejamos de que vienen los sincericidios de la nada. Si tienes pasta y hay que enfrentarse a la nube negra, puedes salir corriendo y refugiarte en Palamós, pero la realidad es que estamos en un piso de treinta metros cuadrados en Lavapiés, guapa…

PAULA: Te escucho y me doy cuenta de que eres una buena persona, eso no gusta. A la gente lo que le pone es que la traten mal. Si tú vas los domingos a comprar unas flores y a por un café calentito, eso no mola, porque parece una relación. Parece ser que lo que mola es no tener nada y estar enganchada al teléfono como una tarada, pero, por supuesto, no mostrándolo que lo eres, sino disimulando que te va genial. Lo que les encanta es follar un día y desaparecer cinco, porque eso es la libertad. Sí, es que poner un mensaje de buenos días o buenas noches es satanismo, porque mucho mejor irse sin despedirse o que veas que el mensaje está visto…, pero sin respuesta, claro. Pone mucho más tener que saltar una zanja o un aro de fuego y sacrificar un cordero para poder cazar a la persona que quieres, porque, claro, si lo pones fácil, eso ya no gusta… Es como si te dijesen que, si escribes, ya no vas a gustar, y que a ver si te enteras de una vez que la demanda genera rechazo…, y que cuanto más caso hagas a alguien, más rápido se irá…

Julia se la queda mirando con tristeza en los ojos y mucha comprensión. Ha estado asintiendo durante todo el monólogo de Paula. Se baja de la bicicleta y recoge todo.

JULIA: Eso es, la demanda genera rechazo. Nos vemos mañana.

Sí, la demanda genera rechazo. Esta frase me la dijo Eva Vázquez, amiga y psicóloga, cuando no paraba de preguntarle por qué cada vez que le llevaba flores a alguien, le hacía el desayuno o iba a buscarla al tren o al aeropuerto siempre recibía malas formas, insultos o, lo que es peor, el silencio castigador… El «silencio castigador» es un concepto interesante y quiero encontrar las mejores definiciones para que entendáis la angustia que genera. Internet siempre es la herramienta ideal. En la web *Oriéntate con María* he hallado unas palabras que lo describen muy bien:

> El trato silencioso, u ostracismo desde la psicología, se considera una forma de manipulación y agresión emocional. Consiste en dejar de iniciar o responder a la comunicación con otra persona, habitualmente se ejerce de repente y sin explicación.[16]

También he buscado en TikTok las viñetas maravillosas de Moderna de Pueblo, ¡me he identificado tanto con ellas!, lo ilustra tan bien…; como dice al final, las personas emocionalmente inmaduras se convierten en maltratadoras si no trabajan sus carencias. Si intentas hablarlo y, aun así, la situación no cambia, hay que correr en dirección contraria.

Sigo pensando en todo lo que han dialogado Julia y Paula. Y me paro en esa «Plegaria de la serenidad» de Reinhold Niebuhr, que para más inri continúa diciendo cosas como que uno puede ser razonablemente feliz en esta vida… No os engañéis: esta mierda no salva a nadie. Va mucho mejor ver unos capítulos de *Sexo en Nueva York* y de ahí yo no me bajo. A mí me gustan las buenas personas, aquellas que bajan a por flores y me saludan con un buenos días o buenas noches…, porque lo importante no es con quién te acuestas, sino con quién te levantas.

De verdad, lo siento, pero vete a la mierda, Reinhold…

Tengo la sensación de que estoy demasiado intensa, creo que es necesaria una pequeña pausa en la función. Porque nadie nos enseñó a compartir heridas, pero sí canciones, os voy a pedir que escuchéis «Ha llegado el momento de querernos bien». Sí, es la última canción de mi disco *Autoboicot y descanso*.

Y, como estamos de pausa, os invito un momento a pasear por las calles de Madrid. Volemos con la imaginación. Esta es mi historia. Me nacen estas palabras desde lo más hondo… para todas vosotras…

Son bonitas las canciones tristes, nos enseñan cosas.

Todo el mundo se va y no hay que hacer como todo el mundo, hay que quedarse y hacer que algo dure.

Solo esto valdrá la pena si nos damos cuenta del desorden que dejamos en los demás, del desorden que dejo, del desorden que dejas.

3

No hay nada más peligroso que las personas normales

Hoy Paula ha llegado antes a la clase. Es Julia la que llega tarde, tal vez se ha parado a comprarse un libro nuevo y a tomarse un helado. Cuando Álex está a punto de cerrar la puerta, Julia se cuela. Esta vez saluda efusivamente a toda la clase. La mayoría ni se percata de su presencia, excepto algún susurro que le devuelve el saludo. Parecen zombis. Nadie se mira, nadie se habla. Es como si estuviesen programados para entrar y salir de ahí. Una obligación. Muchos parece que en realidad no quieren estar allí, pero intentan que no se les note. Por su forma de moverse, es fácil darse cuenta de que les gustaría estar en cualquier otro lado; es más, se odian a sí mismos por encontrarse en ese sitio en vez de estar haciendo cualquier otra cosa más productiva.

Nadie desea llegar tarde a clase porque todas las miradas van a ir a ese último que ha entrado. Se van a fijar en su figura y en lo que lleva puesto. Obviamente es lo que ocurre con Julia. No es difícil leerles la mente y saber lo que están pensando, no se molestan en disimular cuando juzgan.

Hoy a Julia le gustaría preguntarles uno a uno que qué les pasa, si puede ayudarlos o si necesitan algo, pero no lo hace por miedo al rechazo. Lo sabe por experiencia. Las veces que le ha preguntado a alguien si estaba bien o si podía ayudarlo, ha recibido miradas de desprecio o le han increpado invitándola a meterse en sus asuntos. Así que hace tiempo que ha dejado de hacerlo, porque se dio cuenta de que, por mucho que quieras ayudar, los demás se sienten atacados. Al principio creía que era culpa suya, por su forma de acercarse o de relacionarse, pero pronto descubrió que todo el mundo estaba tan roto que nadie era capaz de mostrarse vulnerable y pedir ayuda… por miedo a si a quien acudía podía hacerle más daño todavía. Así que es más seguro cerrar filas.

Hubo una época en la que Julia no se entendía a sí misma ni a los demás y fue a una curandera llamada Ascensión, recomendada por una amiga llamada Gala de la que ya os he hablado antes (la que ha hecho grandes cosas en la vida y en política), que, valga la redundancia, era una especie de enciclopedia de curanderas, brujas y pitonisas maravillosas y que acabó siendo un miembro muy importante de un partido político. Al salir de la sesión, Ascensión le dijo: «Tienes que aprender a saber pedir ayuda, no a exigirla», y entonces lo tuvo claro: dejó de preguntarles a los demás. Ella esperaba a que se la pidieran, lo que pasa es que hasta ahora nadie se la ha pedido nunca.

Para cerciorarse de que estaba en lo cierto, un día, Julia decidió hacer un experimento. Cuando sus amigos le preguntaban que cómo estaba, ella les contestaba de corazón, la verdad desnuda. Entonces fue consciente de que cada vez que contestaba «mal», «regular» o «no estoy bien», recibía un silencio de días o meses, o incluso nunca volvía a recibir respuesta alguna. Ese experimento de no esforzarse en que no se le notara que estaba mal supuso una buena criba en sus contactos telefónicos.

Pero este tercer día en el gimnasio sabe que con Paula es distinto. Se atreve.

JULIA: Hola, ¿cómo estás?

PAULA: Bueno, hoy no es un buen día.

JULIA: ¿Por qué?

PAULA: Nada. Bueno, sí. Yo qué sé… Me he borrado todas las aplicaciones. Me siento como un objeto. Estoy tan enganchada a ellas que me siento muy sola. No hacía más que hablar durante horas con desconocidos. Ahí, claro, les gusta todo lo que a mí, tenemos los mismos gustos y el mismo sentido del humor, pero, después de pasar la noche juntos, no vuelvo a saber nada más. Ni siquiera contestan, me borran el perfil. Además, te lo voy a decir más alto y claro que el primer día, que creo que no se notó, odio mi trabajo… Soy community manager casi a los cuarenta…

Julia sonríe dulce y le recuerda su sueño.

JULIA: ¿No eras escritora?

PAULA: No, vamos, ni se le parece… De primeras, no me gusta decirlo. La verdad es que me da vergüenza reconocer que lo único que hago es poner posts sobre comida rápida. A veces, en las redes, subo fotos en las que escribo frente al ordenador, como si estuviese elaborando mi próximo libro; también pongo libros que nunca he leído (pero que queda muy bien decir que los has disfrutado y soltar tres o cuatro frases banales, donde sabes que no vas a meter la pata) o subo imágenes de estrenos de películas coreanas para parecer más intelectual, pero en realidad estoy en casa muerta del asco.

JULIA: Bueno, yo también pongo en LinkedIn que he dirigido varias películas…

PAULA: Quizá deberíamos empezar a vivir nuestra vida y no la de otras…

Las dos se ríen a carcajada limpia. Otra vez cómplices.

JULIA: Sobre todo porque seguro que toda esa gente que va a ver esas películas también se aburre, pero no se atreve a reconocerlo.

PAULA: Ya…, a mí me gustaría encontrar a alguien con quien aburrirme. Siento que es más difícil encontrar a alguien con quien hablar que con quien follar.

JULIA: Hay mucha gente que lo quiere todo de ti, pero no quiere nada contigo. Una vez tuve que informarme para un artículo sobre cómo funcionaban las raves, y no sé muy bien por qué encontré un texto que me llamó la atención y que se asemejaba a lo que nos están describiendo Paula y Julia sobre las relaciones de pareja. El texto venía a decir que, si cualquier conjunto de personas unidas bajo lo político y lo lúdico quiere camuflarse en el sistema, debe hacerse fuerte frente al ruido de la censura, la prohibición y los acotamientos. Tenemos que alzarnos como colectividad frente a lo no normativo y no permitir que nos influyan los correveidiles o murmullos que nos han contado, sino afiliarnos a lo que no nos han contado. ¿Vosotros lo entendéis? Pues yo tampoco. Si pretendéis entender las relaciones, la cosa no funciona así. Queréis buscarle lo racional a lo pasional, a la pulsión, al diseño humano… El guerrero debe descansar antes de autoboicotearse.

Julia: En algún momento tienes que mandar a la mierda a la gente.

Paula: ¿Y me lo dices tú?

Julia: Yo siento ahora mismo algo dentro de mí, como una especie de furor uterino que está creciendo y que va a estallar. Desde que he entrado en este gimnasio he estado leyendo mucho sobre formas de relacionarnos.

Paula: Y has dejado de ir al baño.

Julia: Y he dejado de ir al baño. Aunque sepa que de los baños se sale con trabajo…, lo he cambiado por los libros. Quizá tú también puedas cambiar las aplicaciones por los libros.

Paula: Y poner fotos de verdad con libros de verdad. Libros reales.

Julia: Libros reales, personas reales. ¿Y si viviésemos nuestra vida como si importara? Te cuento, he estado leyendo sobre el diseño humano.

Paula: Y el diseño humano es…

Julia: Imagínate un tren de vapor. De los de toda la vida. Según el diseño humano las personas solo podemos ser de cuatro formas diferentes. Y tiene sentido, porque ¿no tienes la sensación de que todo el mundo se parece? Igual que las canciones, como si todo fuese cíclico.

Paula: Sí, tengo la sensación de que todo me va mal… cíclicamente.

JULIA: No es tan simple, piensa a fondo sobre todo lo que hacemos. Siempre es lo mismo: naces, trabajas, te reproduces o no y mueres.

PAULA: Ahora que lo pienso, estoy recordando algo que estudiamos en el instituto y que me llamó mucho la atención: la teoría del eterno retorno de Nietzsche.

JULIA: Algo parecido, sí, aunque todos los filósofos son muy machistas y, en realidad, no nos contaron la cantidad de mujeres que hablaban sobre ello.

PAULA: Es verdad que en una exposición de Eugenio Merino había una especie de felpudos donde se podía leer que SI VAS CON MUJERES, LLÉVATE EL LÁTIGO. Los felpudos los podías pisar y te podías ensañar bien a gusto.

Dejadme que me meta, porque esto es interesante. Esta exposición de Eugenio Merino y Avelino Sala, «Felpudos», nació de una colaboración con la teórica Yadira Calvo, que escribió un libro que os recomiendo fervientemente: *La aritmética del patriarcado*. En esos felpudos podías leer varias frases que habían dicho los filósofos a lo largo de la historia sobre las mujeres. No tienen desperdicio. Por ejemplo, Pitágoras escribió: «Existe un principio bueno que creó el orden, la luz y el hombre, y un principio malo que creó el caos, la oscuridad y la mujer». O si vamos a pensadores de la tierra, Ortega y Gasset dejó estas palabras: «El fuerte de la mujer no es saber, sino sentir. Saber las cosas es tener sus conceptos y definiciones, y esto es obra del varón». Desde luego esos felpudos no tenían desperdicio y pisarlos suponía un gran placer.

Julia: Pues sigue en el instituto, ¿te acuerdas de Platón? Él decía que hay tres tipos de almas: racional, irascible y pasional. ¿No crees que todos de alguna manera estamos sacados del mismo molde?

Paula: ¿Adónde quieres llegar?

Julia: A que en realidad todos somos iguales, sufrimos de la misma manera.

Paula: Es verdad que a todos nos deja tirados Ryanair…

Julia: Bueno, lo estoy explicando de una manera un poco básica, pero por ahí voy. Nuestra esencia, la que está debajo de la piel, nuestra pulsión, es imposible de disimular.

Paula: Vamos, que por más que intentes camuflarte es imposible… Sí, en realidad todo es más fácil de lo que parece.

Julia: Pues, en ese tren de vapor del que te hablaba, hay personas que se encargan cada mañana de que se mueva; esos serían los «generadores». Otros marcan el camino, son los «proyectores». A su vez hay personas malas o diseñadas para no ser buenas. No proporcionan nada que merezca la pena, son los «manifestadores». Por ejemplo, Hitler no solo era manifestador, también era aries. Y, por último, están los «reflectores». Ellos pasan de subirse al tren: o bien no lo necesitan, porque se salvan a sí mismos, o bien tienen claro que prefieren no vivir en comunidad.

Esta teoría la probaron en niños. Observaron cómo se relacionaban entre ellos: quién se quedaba fuera, quién era el líder, el abusador... La realidad es que, gracias al diseño humano, podemos definir el comportamiento de una persona en el futuro. Es una teoría filosófica, aunque para mí es una fuerza de la naturaleza. Cuando yo descubrí el diseño humano, mi vida dio un giro radical porque me hizo ver cómo somos. Eso sí, todavía no tengo respuestas sobre de dónde venimos... Si alguien tiene alguna sugerencia que me escriba.

Pequeño inciso: os explico cómo llegó el diseño humano a mi vida. Me lo enseñó X, no voy a decir su nombre, porque puedes querer mucho a alguien en un momento concreto de tu vida... y, bueno, nos guste o no, las personas desaparecen. De ahí que lleve tatuada la palabra «Quedarse», porque quedarse, como dice mi canción, es revolucionario. Quédate con quien se quede. Y os animo a escuchar mi canción «Quedarse – acto revolucionario», que además dice: «No tengo valor para marcharme ni tú para quedarte, quedarte o aguantar», con una referencia muy clara a nuestro Iván Ferreiro.

No hay nada más sexy que escuchar y admirar a alguien. Ella me introdujo en el diseño humano. Voy a buscar una definición básica en Google para que os hagáis más o menos una idea y después intentaré explicarlo yo con mis palabras.

Por cierto, aunque no tenga mucho que ver (en realidad, todo tiene un sentido), Marta fue la primera chica que me entró en un bar, creo que es la persona más guapa que he conocido nunca. Pasamos la primera parte de la pandemia juntas sin conocernos de nada. Fue salvaje, improvisado, divertido y, como en todo lo bueno, siempre ocurre algo que lo rompe todo. Marta desapareció y años después volvió a aparecer. Cuento esto para que estéis tranquilas…, vuelven. Con esto también viene a cuento una teoría horrible que os voy a explicar (siempre lo hago), es la del aparcamiento: cuando ya no hay huecos libres, siempre vuelves a aparcar en el mismo sitio… Bueno, vuelvo a lo que os estaba contando.

X estaba apoyada en el balcón de la calle de los Mancebos de La Latina. Le daba el sol en la cara y estaba rodeada de plantas. X fumaba, pero no creo que lo hiciese porque le gustase, sino porque sabía que fumar puede ser tremendamente sexy. No, no es el acto en sí, sino la posición y los movimientos que uno realiza al fumar. Fumar te empodera, no sé cómo explicarlo, pero es así. Pasa algo con las manos. Es un misterio. Cuando alguien nos gusta, nos convertimos en personajes de una buena película en blanco y negro. Una cámara te filma y capta todos tus movimientos: dónde miras y cómo respiras, te mueves o insinúas. También atrapa bien tus miedos, solo le hace falta un primer plano. Una cámara puede captar tus miedos como puede hacerlo una persona. Por eso fumar es un buen truco. Creo que esconderse detrás del cigarro ayuda. Por eso en casi todas las películas clásicas los protagonistas fumaban, porque es un acto de seducción, de galantería y de gallardía. Me lo podría estar inventando, pero es verídico. Pensad en Bette Davis, Joan Crawford, Greta Garbo y Marlene Dietrich… fumando y el humo envolviendo sus rostros.

Repito, X estaba apoyada en el balcón, fumando, y me dijo: «Tú eres un proyector. Me guías, porque no sabes sobrevivir sin mí. Guías a todo el mundo, porque no puedes sobrevivir sin nadie a tu lado. Necesitas que te den calor, aprobación y seguridad a cada rato, a cada instante, y, si no, te apagas como si fueses una vela». No podía ni he podido mentir nunca a X… Ni a X ni a ninguna. Para mí todas han sido las cámaras de cine más precisas que he visto.

Recuerdo una vez paseando por aquellas calles de La Latina cuando me dijo: «Podría enamorarme de ti, pero antes tenemos que ser amigas». Tiempo después no volví a saber nada de ella y entendí entonces otra de las frases a las que más me agarro (como veis tengo varios mantras o leitmotiv, lo que prefiráis): «De una ruptura uno se cura; de una desaparición no». Cuando volvió a aparecer, le dije: «X, tienes que aprender a dejar de desaparecer…». Me confirmó que sabía que eso podía hacer daño y dejar traumatizada a la persona que tenía enfrente. Pero no dejaba de hacerlo…

Si estáis leyendo esto, tened cuidado con cómo acabáis las cosas. Si os agobiáis o no sois suficientemente maduros o maduras para terminar en condiciones, desaparecer solo hará que os sintáis mal y rompáis a la otra persona por dentro, porque os voy a hacer un spoiler: siempre terminaréis arrepintiéndoos.

El caso más grave que conozco fue una amiga que me llamó porque su novia había desaparecido y estaba toda la casa revuelta. Llamó a la policía y estuvo dos años pensando que la habían secuestrado. Un día se encontró con ella en el aeropuerto, habían estado en la misma ciudad todo ese tiempo. Mi amiga se deprimió, porque siempre pensó que su novia había muerto, pero, cuando apareció, lo único que le dijo fue: «No supe hacerlo mejor». No sé si con este ejemplo ilustro lo que puede ser una desaparición de la persona amada, pero espero haberos ayudado.

Pero volvamos a X, fumando mientras el sol cae sobre ella y su cigarro (que no sabemos muy bien si es porque le gusta fumar o mantengo mi teoría de la seducción), que me explica lo del diseño humano. Os digo también cómo lo he encontrado en una web, *The Human Design Lab*, porque el asunto tiene su complicación y quiero que no quede duda alguna:

> ¿Qué es el Diseño Humano? Es una síntesis de ciencias antiguas y modernas, un sistema lógico que aporta entendimiento acerca de la naturaleza humana y su psicología. Un medio de observación y autoconocimiento para explorar tu trayectoria individual en la vida. Conocer tu diseño te facilita prestar más atención al cuerpo y educar a tu mente para que no obstaculice tu toma de decisiones.[17]

En esta misma página se añade que hay cuatro tipos de diseño humano que muestran cuatro maneras diferentes de moverse en la vida. Así, si conocemos nuestro diseño, nos facilitará tanto tomar decisiones como abordar de manera correcta las diversas situaciones de la vida o establecer bien las relaciones personales. Existen dos diseños de naturaleza energética. El manifestador (un 9 por ciento de la población), que transmite una frecuencia impactante e impenetrable, y el generador (un 68 por ciento de la población), cuya frecuencia es acogedora, este tipo dispone de recursos y energía para reaccionar a la vida. Ambas energías construyen el mundo tal y como lo conocemos. Los otros dos diseños no son de naturaleza energética, su fuerte no es la acción, sino cómo guiarla y evaluarla. Así, se puede ser proyector (un 22 por ciento de la población), que necesita ser reconocido e invitado, o reflector (un 1 por ciento de la población), muy inusual, que se mimetizan con el entorno.[18]

¿Para qué os he contado todo esto? Pues evidentemente para mí todo esto era muy difícil de entender a la vez que sexy, porque normalmente es complicado encontrar a alguien que te sorprenda. Y X, qué queréis que os diga, lo consiguió en aquel balcón. Solo después de años de que las personas que quería desapareciesen y que me sintiese totalmente estafada, comprendí de verdad lo que significaba ser un proyector. Intenté que no se me notara delante de Marta, que no entendía nada, pero me trastocó de tal forma que desapareciese que nunca he vuelto a acostarme con nadie sin saber antes cuál es su diseño humano. Todo este galimatías me ha servido para saber cómo somos algunas personas, aunque todo siga acabando siempre mal.

PAULA: Creo que soy generador.

JULIA: Eso no lo puedes saber así porque sí. Tenemos que ver cómo estaban tus planetas en relación a la luna cuando naciste…

PAULA: No sé, Julia… Creo que cuando nací los planetas estaban apagados. O no había luna o hubo un eclipse enorme y fui un error. Llevo con el corazón roto desde que nací. Esto puede resultar exagerado, pero lo he hablado con dos de mis psicólogas y están de acuerdo en que me pasan cosas muy raras. Acudí a una bruja para que me hablara sobre cómo era la relación con mi madre dentro del útero y que me solucionara la vida. Me hizo descuento y me lo dejó en setenta euros, que está muy bien para ser una cosa espiritual. Me mandó un ejercicio con unas velas y hubiese tenido que volver. (En realidad, a cualquiera, porque da igual cómo se llame, los patrones son los mismos, amigas). Pero se me pasó, porque no sabía dónde comprarlas.

JULIA: Tendrías que haber ido a las mías.

PAULA: Ya, pero ¿cómo sabes cuándo una bruja es buena o mala? Me dijo que si las compraba en el bazar no valían y me acojoné. De hecho, me pareció raro. Entiendo que la magia tiene que ser como cara, ¿no?

JULIA: Ay, la verdad, no sé cuánto capitalismo tiene que tener la magia. ¿Cuánta gente habrá enterrado velas en el suelo? ¿Estaremos todos sobre cementerios de amarres?

PAULA: No sé… Desde luego, Tirso de Molina era un cementerio. Dicen que hay cuerpos enterrados en las paredes. Por eso nunca paso por esa parada. Siempre he estado muy mal de la cabeza, pero en plan bien, no sé si me entiendes…, porque, claro, aquí está todo el mundo mal. De verdad, tienes razón, ser buena gente no es atractivo. Soy una persona depresiva tirando a genio en lo psicológicamente inestable y con capacidad nula de relativizar con grandes ideas.

JULIA: No te puedes autodiagnosticar. No estoy para darte lecciones, pero sé lo que es enamorarte de tu psicóloga y pensar que sabes más que ella.

PAULA: No, de verdad. De buena, soy tonta. No sé cuánta gente me entenderá, pero es importante saber reírse de una misma, porque si no puedes acabar como Marta Sánchez. ¿Sabes lo que leí que le dijo a un hombre que trabajaba para ella? «Qué hace mi coño en este aeropuerto».

JULIA: Tu referencia filosófica no puede ser Marta Sánchez, es como decir que Chenoa tenía razón, porque evidentemente cuando tú vas, yo vengo de allí.

PAULA: Sí, pero, piénsalo, cuando eres joven te redimes, pues crees que dejarás de ser tan intensa, que todo mejorará, igual que cuando dices que no tenemos edad de que nos vaya bien. Sin embargo, te vas haciendo mayor, más vieja, más usada y más pobre, y ya no eres tan joven y te empieza a engordar el Big Mac y las cuatrocientas salsas que le echas a las patatas congeladas frías…, y te das cuenta de que las cosas siguen sin mejorar.

Julia: Pero por lo menos ya eres capaz de comértelo sola.

Paula: Sí, nos conformamos con poco. Nos conformamos con tan poco que con esto crees que has superado tu dependencia emocional. Y no basta con comer sola en el Miss Sushi ni con ir sola al cine ni pagar el abono del gimnasio, hace falta pasar las puertas. No vale llevarse la comida a casa, no comprar finalmente la entrada o pagar, pero no pisar las clases de modernas.

Lo del gimnasio también ha sido recurrente en mi vida. Lo reconozco en una de mis canciones, «No estoy bien», donde canto: «Me he apuntado a tu gimnasio para ver si así me quieres». ¿Os acordáis de que ya os he contado en el capítulo 1 lo de esa amiga mía que quería encontrarse con su ex e hizo como que coincidía con ella en la misma clase de natación?

Y lo de que el gimnasio sea recurrente es porque entre semana, por desgracia, nadie puede más con su rutina. Solo nos queda el gimnasio, pues ya no te encuentras ni en los supermercados. Lo de los supermercados es triste, es que literalmente no me da tiempo a nada y a veces me compro una pasta china de esas que se hacen en un minuto, y eso cuando tengo la suerte de cenar porque me queda algo de dinero en la cuenta. La de veces que me he acostado con hambre por no tener ni un puto duro, y yo diciendo que cenar no le viene bien a mi cuerpo…, y luego tengo pesadillas. ¿No me digáis que no os ha pasado esto?

PAULA: Piénsalo, Julia, ¿a quién queremos engañar?

JULIA: Te estás engañando a ti misma. Tú tu trabajo lo estás haciendo. De empoderarte mal nada; tú estás ahí TRABAJADA. Más que romperte el corazón, a veces la vida te supera hasta que aprendes con diecinueve años que un vasito de vino va estupendo con el lorazepam para ser feliz como Thalía. A mí lo que peor me ha pasado ha sido la vida.

PAULA: Cuando le cuento a todo el mundo lo que hay, intento que nadie se deprima, luego la cosa va a mejor. Quiero decir, siempre están ahí ellas, tus medias naranjas, las protagonistas de tus stories, porque una noche mala son anécdotas para mis amigas.

Entiendo a Paula. Tuve un año tan desquiciado que casi tiro la toalla. No la tiré, pero me hizo aprender. A mí en el transcurso de la salida y entrada de ese año, se me apareció mi primera ex (yo tenía diecisiete y ella treinta y dos. Sí, ilegal), me crucé el mismo día con otra ex (la anterior con la que había roto) y su novia mientras me tomaba un café saliendo de una ruptura (porque Madrid es muy pequeño y solo hay cinco millones de habitantes, pero tengo la sensación de vivir en una ruptura constante dentro de un after) y casi atropello a una ex más en un paso de cebra, que casualmente iba con el hijo de la amante con la que estaba. Quiero decir, que a mí la Navidad cada año me regala un dos por uno. Por ejemplo, me da para, a la vuelta de mi terapia, escribir la letra de un nuevo éxito como «Psicosis pasional».

PAULA: Mi vida va al nivel de tener que comprarme un billete a Guadalajara por diez euros y quedarme en la cafetería del tren escondida para poder llegar al Primavera Sound, porque a las malas me tiran en Zaragoza.

JULIA: No sabes lo que te entiendo. Nos necesitamos todas. Porque al principio te da la ira, después la rabia, luego te quieres matar y más tarde lo mismo empatizas… El mundo duele. Eso es así. Pero luego están los afterparties; los festivales; las amigas millonarias con piscina, quien las tenga…

PAULA: ¿Tú crees que hay esperanza? Solo quiero ser una persona normal.

JULIA: Cada vez que alguien dice eso es un psicópata. ¿Para qué quieres ser normal? ¿Qué es ser normal? Ya te lo dije, «normal» solo es un programa de la lavadora. Yo lo único que sé es lo que podemos hacer nosotras. Quedarnos o aguantar. No quiero tirar la toalla y siempre podemos acudir a tu Tinder para montar grupos de música.

PAULA: ¿Sabes qué pasa? Que siento que la gente tiene muy poca vergüenza. Muy poca vergüenza para decir «te quiero», «te quería» o «te quise». Fíjate, la contradicción, pero es mucho más fácil odiar a alguien que quererlo. Porque, si quieres a alguien, sale corriendo; pero, si lo odias o si te odia, sigues ahí en vez de irte, ¿me entiendes lo que te quiero decir?

Julia se pone triste. Quizá está mirando su interior.

JULIA: Supongo que has hecho la pregunta que llevo tantos años haciéndome a mí misma. Y tantos años evitándola. El otro día recorté un texto del periódico, mira. Lo escribió una mujer en la sección de cartas del lector y me sentí muy identificada.

Julia saca de la bolsa de deporte un trozo de papel y comparte con Paula la lectura.

¿Qué es lo que hacemos mal?

¿Cuál es el error de que lo malo sea eterno y lo bueno se esfume con el sonido del viento?

¿Qué es aquello que nos incita, nos impulsa, nos motiva, nos estimula hacia el estancamiento?

¿Qué es aquello que nos redirige hacia el menosprecio y la poca humildad?

¿Quién premia a los mezquinos que atacan a los que vuelan?

¿Escuchas ese latido constante? Es el sonido del olvido, el olvido al que miras fijamente.

Ahora ya nadie recuerda tu recorrido.

¿Sería ilógico pensar que ya no habrá más novedades en tu vida?

¿Que dejarás de buscar respuestas a preguntas sin sentido?

¿A qué huelen las nubes?

¿Si un tren sale de Sevilla hacia Madrid a una velocidad de 123 kilómetros por hora y otro tren sale de Madrid a Sevilla a las 15:03 de la tarde, en qué punto se cruzarán?

¿No ves que no puedes controlarlo todo?

¿Y qué nos queda? Solo quedan los que cada día te demuestran que siempre has sido prescindible.

Se me está desgastando la piel al intentar buscarle el sentido a ese amor propio mal entendido. Pienso combatirlo con el cariño que me quede, con palabras bien elegidas para vosotros, los incomprendidos corderos con pieles de lobo.

Os esforzáis por querer valorar o puntuar las intensidades de nuestras sensibilidades y no lográis entender que cada uno debe sentirse a su manera.

Aunque a veces duela.

¿Si me pongo el jersey rojo con los pantalones negros, me pedirá salir?

¿Si logro deletrear «ruptura» treinta y cinco veces al revés, me llamará?

Para las leyendas sobre la obligación de cumplir cautelas, ¿qué tiene de malo pensar en el futuro? ¿Acaso es demasiado arriesgado? Algunos preferimos correr el riesgo.

Tu éxito siempre se medirá con el nivel de la decepción. Y además somos doblemente discriminadas.

A ti, lo único que te importa es el amor.

Levántate por la mañana y haz lo que puedas.

Siento decírtelo, pero… buenos días, transición hacia la vida adulta. Tienes que ir saltando de etapa en etapa, dejando huella al azar solo en algunos pocos que te cruzaste en ese camino…, y, en esa misma posición, esforzarte por descubrir tu lugar entre tanta niebla.

Lo que nadie te explicó jamás es que nunca encontrarás ese lugar. Nos cubren de mitos y leyendas para disfrazar el caos y la soledad. Para disimular el dolor y la saturación del vacío.

¿Quieres volver a intentarlo?

No es por ti, es por mí. No te merezco.

¿Tardo menos si voy andando o si cojo el autobús?

Pierde tu fuerza arañando esa pared. Pero no te verá nadie.

Toma esa decisión, porque hagas lo que hagas estará bien hecho.

Por suerte volverás a equivocarte una vez más.

Por suerte, una vez más.

PAULA: Guau, me ha volado la peluca. Qué intensidad. Con todo esto que estamos hablando, leyendo y comentando. Con lo poco que te voy conociendo y descubriendo, me pregunto una cosa: Julia, ¿cómo puede ser que todavía no te hayas lanzado a hacer una película o por lo menos intentarlo…? Sé que no lo tienes fácil, pero…

JULIA: Porque no he escrito nada lo suficientemente brillante para ser contado, la verdad. Además, no sé qué será de mí en el futuro. Odio el futuro, me recuerda lo cerca que estoy de morirme. Me sentó fatal cuando construyeron la T4, sentí que el futuro estaba dentro de nosotras. Qué agotador es aparentar lo que no somos. Encima me molesta y no puedo decirlo. Joder, que no somos un circo formativo para cualquiera que pasa por delante. Ni la tienda Quechua se abre en dos minutos ni repartimos cursos de inteligencia emocional…

PAULA: ¿Te estás enfadando?

JULIA: No, perdona, esto te lo cuento a ti. Estoy fenomenal, en mi mejor momento. Pero ¿no te das cuenta de que cada vez que nos vemos es la misma historia siempre?

PAULA: Sí, supongo que mucha gente está teniendo esta misma conversación en este mismo momento.

JULIA: ¿Sabes lo que me pasa? Vas a alucinar después de todo lo que hemos hablado, pero no tengo claro que me gusten las mujeres.

PAULA: ¿Cómo que no lo tienes claro? Pensaba que sí, ahí están todas esas historias que me has ido contando de la profesora, la monitora…

JULIA: Que no lo tengo claro.

PAULA: Bueno, la verdad es que llevas años con tu marido.

JULIA: Ya, pero te empeñas en etiquetarme y… no lo tengo claro. No quiero decir que me gustan las mujeres, no lo necesito.

PAULA: Ya, pero yo sí necesito que lo digas. Necesito tener un referente de mujer heterosexual que «por lo que sea», ¿vale?, ¿te parece bien «por lo que sea»?, se ha enrollado con su profesora de voguing, también heterosexual, y que «por lo que sea» es la relación más feliz y estable que ha tenido nunca. Además, la heterosexualidad como broma ya está bien…

JULIA: Perfecto, somos un nuevo remanente de mujeres cuya orientación sexual será «por lo que sea». El problema es que a mí siempre me decían: «Sé lo que quieras ser, pero que no se te note»; «Cierra la puerta por dentro, pero que no se te note»; «Mujer, llora en casa, pero que no se te note»».

PAULA: Eso hace que te cueste sacar todo lo que tienes ahí dentro, ¿verdad? Eso hace que me pregunte algo (y me estoy cuestionando yo también, ¿eh?): si tienes ese discurso de mierda, antiguo y de armario, entonces ¿qué opinas sobre todo ese merchandising feminista?

JULIA: Que el activismo debería dejar de ser elitista, un negocio, un juguete. Que lo contrario de activismo ¿qué es? ¿Terrorismo?

PAULA: Claro, es que imagínate que todo nos va bien. No sabríamos qué hacer con ello. Siento que o soy casi todo, o soy casi nada, pero nunca llego a destacar, siempre me quedo a las puertas de todo. Intento ser escritora y no soy capaz de unir dos folios, pero tampoco soy tan mala como para no hacerlo. Todos me dicen: «Te amo, me encantas, me chifla lo que haces, me flipa tu trabajo artístico», pero en realidad me están diciendo: «Me molesta que te vaya bien». Al final es la clave de todo esto, que nos sentimos solos, y pasar el mono de estar solo es muy duro.

JULIA: Te aseguro que de las peores cosas que te pueden pasar es sentirte sola estando en pareja. Sentir que odia cómo te mueves, cómo respiras, cómo triunfas...

PAULA: Te entiendo. Nunca ocupo el otro lado de la cama. Me da miedo. Antes conseguía ponerme en el medio. Ahora ya no puedo. Con los años he intentado llegar al otro lado y he perdido centímetros. Me resulta imposible ocupar el espacio del otro. Un otro que no existe, que ni siquiera he estado tanto tiempo con nadie como para darle nombre. Simplemente es el otro. Es extraño, porque siento ese muro. Ese muro que he construido yo a base de autoconvencerme de que puedo estar sola. Nadie puede estar solo. Es mentira. No puedes hacer algo solo ni sin amor. No puedes.

JULIA: Hay muchas maneras de llenar ese espacio. Pero no va a ser mejor que estar con alguien que no quiere estar contigo.

PAULA: Además de eso, no tengo dinero. No hago más que trabajar y no tengo ni un céntimo. Después de que internet me estuviese friendo a anuncios de Clearblue y de donante de óvulos (es una historia que vas a entender en breve) durante la pandemia, se rompió el ordenador y me dio por mirarlo. Bueno, pues a partir de ahí mi Instagram se convirtió en una feria de banners relacionada con lo mismo. Denuncié el acoso, porque estaba ya de los nervios, y contactaron conmigo los de *El Diario* para que escribiese un artículo sobre ello. ¿Te lo puedo leer? Es lo único que he publicado después de cinco años de carrera y cuatro másteres.

JULIA: ¡Claro!

PAULA: Venga, voy a ello.

Paula coge su móvil y busca el artículo. Se lo muestra a Julia y ambas lo leen, mientras ella se lo recita casi al oído.

Hace poco mis cuentas se quedaron a cero, bueno, más que a cero. Me bloquearon las tarjetas por impago. Soy una de esas personas que no han cobrado bien su ERTE en seis meses y a la que el personal del SEPE le responde con un «Es que estáis todos igual». Cuando lo más cerca que estaba de cumplir un sueño era poder llegar a tiempo al descuento del 50 por ciento de los yogures caducados del DIA, después de intentar dejarme la piel para escribir un libro que nunca publicaré, llegó una pandemia y fui de las seleccionadas para cruzar la pasarela y no cobrar bien el ERTE. Para más desgracias, mi ordenador dejó de funcionar y me acordé de que todas mis amigas habían donado sus óvulos para poder comprarse uno. Y digo amigas porque no son una ni dos…, son muchas las que lo hicieron.

Así que me decidí a hacer lo que tenía que hacer. Pensé que éramos la generación de tener que donar óvulos para poder comprarnos un ordenador para trabajar por cuenta ajena. Me armé de valor y me puse a ver cuáles eran las condiciones. Algunas de ellas os las voy a ir detallando aquí, además del correspondiente comentario.

«Edad entre dieciocho y treinta años». Yo, que todavía pensaba que tenía una maleta llena de ilusiones por vivir, de viajes y experiencias que cumplir, de repente, me veía expulsada por la sociedad debido a mi edad. Mi vida pasó por delante de mí en un minuto. ¿Había visitado todos los afters que tenía que visitar antes de ser considerada ya vieja por el sistema?

«Buena salud física y emocional». ¿Quién tiene una buena salud emocional en 2020? ¿Quién?

«No ser virgen». Así, tal cual, sin más explicaciones. Esto atacó directamente a mi corazoncito de lesbiana. ¿Qué significa eso? ¿Este señor quiere saber si me ha penetrado el falo de un hombre? Porque, claro, la concepción de la virginidad es claramente una visión patriarcal de practicar sexo entre un hombre y una mujer. Ya directamente ¿me quedaba fuera? ¿Si aceptaba estas condiciones me expulsarían por lesbiana? ¿Y si mentía y decía que era heterosexual? ¿Lo notarían? Mi cabeza no paraba de dar vueltas. ¿Cómo sabrían si era virgen? ¿Me harían la prueba del pañuelo? ¿Un test en BuzzFeed? (eso no falla nunca). Dejé de darle vueltas, porque cada vez estaba más cerca del colapso gravitatorio y Mercurio retrógrado no me ayudaría.

Después de mi interés en las condiciones adecuadas para vender partes de mi cuerpo, los anuncios no paraban de atacarme a todas horas. Hubo uno que me llamó la atención: «En (piiiiii) tenemos una misión muy importante que cumplir y, por eso, confiamos en ti. Chicas imparables, solidarias, generosas y responsables como tú son las únicas que pueden ayudar a muchas mujeres en España a cumplir el sueño de la maternidad. Tanto ellas como nosotras contamos contigo». Se me paralizó el corazón: CONTABAN CONMIGO. Esas palabras taladraron mi cabeza como un martillo imponente. Sentí una responsabilidad imperiosa de ayudar a todas esas mujeres, pero ¿y qué pasaba si no lo hacía?, ¿estaba siendo una mala persona?, ¿no estaba disponible cuando ellas me necesitaban?, ¿les estaba fallando?

Por otro lado, la mayoría de mis amigas lo habían hecho por dinero. Me preguntaba por qué recibía este mensaje con violencia, por qué sentía un ataque directo hacia mí y si no tenía ya una vida lo suficientemente triste como para sufrir este bombardeo. ¿Era necesario este chantaje emocional?, ¿había dejado de hacerlo por dinero y ahora lo hacía por una cuestión moral?

Estuve varios días analizando cada una de las palabras de este mensaje. Y, por fin, llegó lo que tanto esperaba. «¡Ayudamos a mujeres a cumplir el sueño de ser madres! Hasta el 31 de octubre pack de tres inseminaciones por 990 euros». Me sentí como si comprara un paquete de esos de tres noches en Torrevieja o cuando ponían la oferta en pan Bimbo en tu Ahorramas más cercano. No sabía qué hacer, necesitaba el dinero, y, por otro lado, quería ayudar a mis compañeras, pero no veía claro que todo esto fuese un negocio limpio. No terminaba de fiarme y al final seguí mi intuición, como Shakira.

Mi amiga Elena me dejó todo bastante claro, la verdad: «Son quince días y atiborrarte a hormonas. Me dio rechazo ver el mercadeo y el nivel de pasta que mueve esa mierda». «El discurso de mierda neoliberal que me dio la doctora que me atendió me resultó tan desagradable que abandoné la idea», me soltó mi amiga Mar. «Es un tratamiento superagresivo. Nunca me volví a quedar igual, mi cuerpo nunca se recuperó. Me arrepiento mucho de haberlo hecho», me contó una compañera de trabajo.

Tenía que tomar una decisión, necesitaba el dinero, pero me sentía, por un lado, como cuando buscas un vuelo a Londres y te saltan mil anuncios a la vez con más ofertas, y, por otro, me preguntaba si estaba haciendo lo correcto. Si este era el mundo en el que quería que mis hijos viviesen, fuese o no la gestante de aquellos óvulos.

A día de hoy no sé a ciencia cierta si hay algo oscuro o no, si me estaré equivocando o tengo demasiados prejuicios adquiridos, pero no he sido capaz de coger el sobre con el dinero e irme.

Pero lo que sí tengo claro es que, haga lo que haga, seguiré siendo pobre, sin sueldos dignos, sin vivienda propia, sin ordenador propio y con un montón de anuncios machacándome para que traiga más personas a este mundo cuando no puedo ni mantenerme a mí misma.

Esta es la generación de las oportunidades y la liberación sexual.

Las dos se miran y sonríen. Se entienden a la perfección.

JULIA: Paula, este artículo está genial, tienes que escribir más. Tienes que dejar de autoboicotearte. Recuerda, el guerrero debe descansar para volver a boicotearse una vez más. Y la canción vuelve a empezar. Y el ciclo vuelve a empezar. Y mañana nos volveremos a ver, al menos tres veces más…

PAULA: ¿Tres?¿Por qué tres?

ÁLEX: Fin de la clase, nos vemos mañana. Por favor, intentad algún día no llegar tarde.

A Julia no para de sonarle el móvil. Antes de que pueda contestar a Paula, sale corriendo por la puerta principal.

4

Yo no follo: yo sufro

Ya no me interesa si Paula y Julia llegan tarde o pronto a clase. Si están pasando de Álex y las demás o si todavía no han empezado a pedalear y están simplemente en tiempo de espera. Tampoco me interesa la decadencia del gimnasio que las rodea y ese cartel que promete cambios en seis días. Lo único que centra toda mi atención es lo que hablan. Quizá la que haya llegado tarde sea yo, porque ya están conversando sin parar.

PAULA: Le he estado dando vueltas a lo de sentirse sola en pareja. No soporto la gente que te da lecciones y que cree que lo sabe todo. Todas mis parejas se han creído con el saber y el rigor de decirme que todo lo que hacía era una mierda. Pensaba que no había sentido esa soledad en pareja, pero sí lo he hecho y duele muchísimo.

JULIA: Sobre todo porque lo único que quieres es que te mire. Qué tristeza, ¿verdad? Eso me dijo una amiga refiriéndose a su novia: «Quiero que me mire». Cuanto más queremos que alguien nos mire, nos valore, nos aprecie, menos lo hará. Lo tengo comprobado.

PAULA: Pero sentirse solo al lado de alguien… es horrible

JULIA: A mí me costó entender lo que sentía hasta que vi una película noruega: *La peor persona del mundo*. El público aplaudía a rabiar y yo salí del cine en verdadero estado de shock. Hay una secuencia donde la protagonista literalmente hunde a su novio cuando le enseña un guion. En realidad se porta fatal con todos. Pero hay una fina línea entre ser brillante y narcisista. Lejos de ser empoderada, o de hacernos creer que lo está, es un tipo de persona que hace mucho daño, que juzga, que se cree con la verdad absoluta y que hace y deshace a su antojo. El resto de personajes no llegan ni a ser «casi algo», sino que son víctimas de una persona tremendamente egoísta. Me dio muchísimo miedo que la gente viera en ella un modelo que seguir. Es obvio que, si la veían así, se parecían en algo a ella. Las personas brillantes te hacen brillar, las narcisistas te ven como un enemigo y te destruyen. Hay una frase, a mi parecer acertada, que dice «Para ser un genio rodéate de personas que sean mejores que tú».

PAULA: Creo que alguien que es capaz de hacerte sentir como un trapo disfruta haciéndolo. Hay algo perverso en hundir a la persona que en teoría quieres, ¿no?

JULIA: Las relaciones, casi siempre, son relaciones de poder. Sabes que debes irte, pero no tienes ni idea de cómo hacerlo.

PAULA: Siempre pienso que me gustaría estar eternamente en una fotografía de Slim Aarons. Aunque son tremendamente banales y están llenas de personas ricas a las que nunca podría parecerme.

JULIA: A mí también me encanta ese fotógrafo. Pero, fíjate, además de millonarias a las orillas de piscinas de los sesenta, hay un enemigo común en todas ellas y es el agua.

PAULA: Leí una vez que el agua purifica.

JULIA: Y lo hace, para los árabes es sagrada. Pero cómo explicarte lo del agua y el enemigo. Recurro de nuevo al cine. Mi película favorita es *Cegados por el sol...*

PAULA: ¡Es que menuda película! Aunque no termino de entender a Tilda Swinton callada todo el rato.

JULIA: En realidad tampoco nos lo deja muy claro, pero lo que sí vemos en todas las escenas es el agua. Igual que en las fotografías de Aarons... A mí no me gusta demasiado estar dentro del agua, pero sí necesito estar cerca.

PAULA: Entiendo lo que dices y me pasa lo mismo.

JULIA: Tenemos que encontrar a alguien que sea nuestra agua. Que podamos ser, que podamos estar en la piscina, dejarnos caer…, no estar dentro del agua para no ahogarnos o que nos ahogue, pero sí estar cerca…

PAULA: Qué duro, pero tienes toda la razón… No quiero que me ahoguen más…Julia, desde que te conozco, tengo una sensación superrara, como si nos conociésemos de antes o llevásemos hablando toda la vida.

JULIA: Bueno, puede ser. ¿Recuerdas cuando nombramos la teoría del eterno retorno? Pienso que todas somos Marcelas u Orlandos.

PAULA: ¿A qué te refieres?

JULIA: Han muerto muchos Orlandos para que nosotras podamos estar aquí y se han escrito muchas cartas de amor que nunca se enviaron o que han llegado a nuestras manos para que nosotras podamos ser, existir.

PAULA: Con Orlando sé que te refieres al personaje de la novela de Virginia Woolf, pero ¿quién es Marcela?

JULIA: Marcela es un personaje cervantino que decide vivir en soledad, pero no es una soledad que haya elegido ella, sino una impuesta porque no quiere compartir su vida con ningún señor. Orlando suponía que lo conocías, además Paul B. Preciado lo emplea de fondo para su interesante documental *Orlando, mi biografía política*. Sin embargo, lo mejor para mí de Woolf son sus cartas, las cartas a la mujer de la que verdaderamente estuvo enamorada. De hecho, Woolf sí que fue una gran actriz de método.

PAULA: Ay, Julia, no quiero que toda mi vida cambie para gustar a alguien. No quiero interpretar otros papeles para gustarle a alguien. A veces me doy vergüenza ajena, porque me veo haciendo todo lo que siempre he odiado.

JULIA: Dímelo a mí…

PAULA: Ayer leía varias frases en un blog (*P8ladas* o *Pocholadas*) que tienen mucho que ver con lo que estamos hablando ahora: «Resulta que empezar con alguien es como estar en un campo de batalla donde la primera víctima es tu personalidad»[19] o «La oxitocina debilita nuestras defensas y nos permite rendirnos».[20]

JULIA: Eso es lo que me digo a veces: «No te rindas, ve a por ello. No te conformes»… Tengo un amigo que me dijo que con los antidepresivos es imposible enamorarse, pero superé una ruptura con un viaje de LSD. La verdad es que sé que no soy tan moderna…

PAULA: No, no, yo tampoco. Si no salgo de mi barrio.

JULIA: Antes de cometer todos los errores de mi vida, me enamoré profundamente de una persona (creo que algo te he dicho ya) y pensé que mi amor era igual que el reflejado en esas cartas de Virginia

Woolf. O como el que surge de las misivas de Chavela Vargas a Frida, y eso que ellas ni siquiera se acostaron. Chavela tan solo sufría. He escrito un guion a raíz de sus cartas y me gustaría poder enviártelo alguna vez, porque me imagino que cuando acaben estos seis días no nos volveremos a ver. No te había dicho nada (incluso te había comentado que no tenía nada interesante), quizá tengo más miedo del que quiero reconocer, pero quieren producírmelo. Es la primera oportunidad que tengo de conseguir algo, pero todavía no sé si lo haré.

PAULA: ¿Por qué no? Es el sueño de tu vida.

JULIA: No tengo sueños. Los sueños no valen para nada, tan solo para generar expectativas que luego duelen. Los seres humanos nos dividimos entre los que son capaces de saltar y los que no. No soy tan valiente, pero sí te puedo leer alguna de las cartas de Virginia Woolf a la persona que amaba, Vita Sackville-West. No tengo ni idea ni sé a ciencia cierta si se acostaron o no, pero desde luego sufrieron. Sí me consta que Chavela Vargas sufrió muchísimo y nunca consiguió nada.

PAULA: Es que tienes razón, qué doloroso es que quieras que te miren y no lo hagan… Volvemos a lo mismo, eterno retorno.

JULIA: Es que no deberías querer que te miren. Si demandamos que nos miren…, estamos perdidas. Igual que follar sin amor para llamar la atención, para obtener miradas de celos, altivas, vacías. Sin embargo, lo de Woolf creo que es amor verdadero. Me apetece enseñarte las cartas. La primera vez que las leí fue en la costa Amalfitana, al lado de una persona de la que estaba profundamente enamorada y que no me miraba. Estuve cuatro días a su lado y me sentía profundamente sola, así que esas cartas fueron mi única compañía. Interpreté todos los papeles que pude para ver si me veía, todo fue inútil. Nunca me miró y, si lo hacía, solo notaba cómo le dolía que me fuese bien, que tuviese un buen día o que me llegase una buena noticia…

PAULA: Te entiendo bien. Cómo me ha gustado esa historia en el caribe italiano. Me ha llegado esa sensación de querer huir y no poder… Aunque solo llevo cuatro días contigo, siento que eso está muy presente en tu vida, Julia. No piensas que ese rechazo que sientes tiene a la vez algo que te engancha…, que nos engancha…

JULIA: Por eso leí estas cartas, porque me di cuenta de que lo que yo sentía no era amor y de que ella tampoco me quería. Dime si esto no es amor. Virginia Woolf se basó en su vida para escribir a Orlando, ese gran personaje que tras un largo sueño despierta convertido en mujer…

Y dejo a Julia y a Paula con sus pensamientos. Y las abandono justo cuando Julia le enseña en el móvil a Paula las cartas de Woolf a West, pero porque quiero hacer lo mismo con vosotros. Quiero rescatar frases de esa correspondencia, que me llegan en lo más profundo. Sí, pienso igual que Julia. Eso es amor. Lo de Virginia y Vita es amor, clandestino, pero amor. Solo os dejo cuatro ejemplos, traducidos por Ángeles Caso en su libro *Quiero escribirte esta noche una carta de amor*, y a ver si no tengo razón:[21]

[Virginia a Vita]
19 de noviembre de 1926:

Eres un milagro de discreción: una carta dentro de otra. Nunca vi cosa igual. (...). ¿No te das cuenta, monito West, de que vas a cansarte de mí cualquier día (soy mucho mayor que tú)? Por eso tengo que tomar algunas precauciones. Esa es la razón por la que pongo el énfasis en «tomar nota» y no en sentir. Pero el monito West sabe que ha derribado más murallas que nadie. ¿Y no hay también en ti algo poco claro? Hay algo en ti que no vibra.

[Vita a Virginia]
27 de noviembre de 1926:

Cariño, voy a intentar hacer algo para compensarte por este fin de semana. Te llamaría por teléfono y te diría todo esto en vez de escribirte, pero es obvio por qué no lo hago. Iré a verte y a cenar contigo el sábado. Te echo de menos, cariño. ¿Te veré quizá el lunes? Te llamaré el lunes a las 2:30. Esta noche no puedo sacarte de mi cabeza; la esquina del sofá donde te sentaste me persigue con tu presencia, y el piso entero parece lleno de ti.

[Vita a Virginia]
28 de enero de 1927:

Cariño, por favor, sigue queriéndome. Estoy deshecha. No me olvides.

[Vita a Virginia]
11 de junio de 1927:

¿Sabes lo que haría si no fueras una persona tan estricta? Mañana sacaría mi coche del garaje a las diez de la noche, estaría en Rodmell a las once y cinco (sí, cariño: batí un récord el viernes, llegando de Lewes a Long Barn en una hora y siete minutos), lanzaría guijarros a tu ventana, y entonces tú bajarías y me dejarías pasar; me quedaría contigo hasta las cinco y a las seis y media estaría en casa. Pero, tratándose de ti, no puedo hacerlo; qué lástima.

[Vita a Virginia]
11 de noviembre de 1927:

No exagero si digo que no sé qué haría si dejara
de gustarte, me enfadaría, me sentiría fatal. Me
preocupaste un poco también con lo que me dijiste
sobre Clive. No será nada serio, ¿verdad? Oh, no,
no puedo ni imaginarlo. No voy a preocuparme por
eso. Hay demasiadas cosas ya por las que preocu-
parse.

Cariño, perdona mis errores. Yo misma los odio,
y sé que tienes razón. Pero solo son tontas cosas
superficiales. Mi amor por ti es absolutamente real,
vivo e inalterable.

Que ilusión me hizo descubrir que Virginia y yo
éramos unas moñas y que las dos comprábamos flores. Siempre me ha hecho ilusión pensar que también
le gustaban los lirios blancos, que son los que mejor
huelen y se van abriendo uno a uno sorprendiendo
siempre con su belleza. Para mí son las flores más
agradecidas. Viendo las cosas tan bonitas que se decían y que ambas estaban casadas, cuesta creer que
hoy en día tengamos hasta miedo de escribir «Buenos
días» a la persona que nos gusta por si lo relaciona
con un compromiso o con que realmente una la quiera. Parece más fácil que te digan cosas horribles, que

te odien o que ni siquiera te contesten antes que decir un «Te quiero».

Los que hemos vivido muertes muy tempranas, angustiosas y complicadas somos extremadamente sensibles y percibimos todo, no se nos escapa ni una. Me encontraba superando la ruptura número mil con otra de mis amantes. Me voy a referir así a ella, porque como he explicado nadie quiere pensar que tiene un compromiso, o más bien nadie quiere comprometerse por si se está perdiendo algo mejor ahí fuera… Esto me hace pensar que todavía te valora menos.

Pues, bien, una noche le compré un libro y ella se arrepintió como tantas otras veces y volví otra vez a casa. En ese momento le dije: «Es que imagínate que mañana me muero, quiero decirte que te quiero. Así me gustaría que me recordases, diciéndote que te quiero».

Por supuesto esto dio para muchas humillantes ideas creativas de mi amante, y a mí hasta me inspiró para escribir una canción («Si mañana me muero, te habré dicho que te quiero», por si os apetece escucharla*). Esto hace que cada día quiera decirle a todo el mundo antes de irme: «Te quiero». Y es algo que no es fácil porque la vida también está llena de gilipollas.

Me gusta también la otra historia a la que hace referencia Julia, la de Chavela y Frida. Chavela Vargas

_____

* La tenéis disponible en Spotify: <https://open.spotify.com/intl-es/track/055660haHlxLnhPEmlpYJO>.

sufrió mucho y no folló. De hecho, cuántas veces hemos sido Chavela. Estuvo tremendamente enamorada de Frida, pero nunca pasó nada. Frida le envió una carta a un amigo que a mí me rompió el alma, porque me sentí del todo identificada. Cuántas veces nos hemos enamorado de la idea de enamorarnos de alguien, pero nunca ha pasado nada.

Un amigo mío, Antón Gómez Escolar, experto en terapias con psicodélicos (él fue el primero que me habló de Escohotado y me aficionó a todas sus teorías), recurrió a ellos porque estaba sufriendo una relación que no llegaba a nada. Él se enamoró de la idea de una persona, por eso nunca pudo dar un paso. Las jugadas del cerebro son duras y te ponen delante de un camino inescrutable. Menos mal, amigas, que nos van haciendo caso con el tema de la salud mental, porque los pensamientos intrusivos, el estrés y este mundo real complicado nos están volviendo cada vez más locas.

Buscando información me topo con un buen artículo en *Milenio*: «Se me antojó eróticamente: el apasionado romance entre Frida Kahlo y Chavela Vargas», y ahí leo un montón de cosas que me sirven para esta reflexión. Lo primero, que Vargas nunca comentó si mantuvo relaciones íntimas o no con Kahlo, pero que no se puede negar que existió un gran amor y una fuerte atracción entre ambas. El día que la pintora conoció a la cantante, Frida escribió una carta a su amigo

Carlos Pellicer y le contó que había conocido a Vargas y que sentía algo por ella:

> Extraordinaria, lesbiana, es más, se me antojó eróticamente. No sé si ella sintió lo que yo. Pero creo que es una mujer lo bastante liberal, que, si me lo pide, no dudaría un segundo en desnudarme ante ella. ¿Cuántas veces no se te antoja un acostón y ya? Ella, repito, es erótica. ¿Acaso es un regalo que el cielo me envía?[22]

Chavela vivió un tiempo en la Casa Azul junto a Frida y Diego Rivera, pero finalmente fue algo insostenible. La cantante no pudo soportar a Diego Rivera, que todas sabemos que era un señor horrible. Al final ganó la autoestima de Vargas, que se fue de allí. No tuvo que ser nada fácil, y lo digo por experiencia, porque yo también he tenido que luchar por el amor de una mujer que estaba a punto de casarse con un hombre. Sí, el tercero nunca gana. Nosotras nunca ganamos. Sufrimos, pero no ganamos. Chavela salió de esa casa y le explicó todo a Frida, como contó posteriormente: «Mis palabras posiblemente la hirieron mucho cuando le dije que me iba y ella me dijo: "Lo sé. Es imposible atarte a ninguna vida de nadie. No te puedo atar a mis muletas ni a mi cama. Vete". Y un día abrí la puerta y no volví».

Sí, es cierto, no se puede atar a nadie, pero lo más difícil es tomar la decisión de irte cuando no te priorizan o no te tienen en cuenta. Siempre albergas una pequeña esperanza de que te miren y, por eso, te faltas el respeto continuamente… Pero, de verdad, si no os ven, salid de esa casa… Con las rodillas, con los codos, como podáis, pero idos…

Os dejo otra vez con Julia y esa historia de amor que descubrió que no lo era tanto a través de las cartas de Woolf.

Julia: Cuando llegó el día de mi cumpleaños me dijo que no tenía ningún regalo para mí, porque no le salía tener detalles conmigo. No soy para nada materialista, me dan igual los regalos; es más, incluso sufro si alguien tiene que gastarse dinero en mí, pero recuerdo que estuve llorando toda la noche. Ahí me volvió a demostrar que no me veía y yo ya no sabía qué hacer para que me mirase.

Solo quería que me mirara, que sintiese mi presencia, que no me ignorara. Una vez me dijo que estaba deseando que me fuese para masturbarse porque yo no estaba a la altura. Ya no sabía qué hacer. Lloraba por las mañanas, por las noches, a escondidas. Llegaba a mi casa y escribía a mis amigas: «Aquí no me puede hacer nada»; sin embargo, la quería con todo lo que tenía dentro. Tenía todo el pulso medido, sabía que yo haría todo lo que hiciese falta para que me mirara, ni siquiera pensaba en que me tocara o me abrazara, solo quería que me mirara. Nunca he estado tan a merced de nadie y ni siquiera sé si era o no era amor, pero desde que la conocí sentí que quería protegerla, que no quería que le pasara nada, sentí lo que era ser invisible, echar de menos a alguien al que le dabas igual, pero cuando la miraba era tal el amor que sentía por ella que mi mente dejaba de ser mía para ser suya y mi cuerpo dejaba de ser mío. No podía pensar, no podía actuar, solo recibir sus directrices, sus necesidades o sus burradas. Me levantaba cada mañana con una sensación entre miedo y ansiedad, tenía miedo de hacer algo mal, tenía miedo de enfadarla, siempre dormía dándole la espalda y me levantaba primero para adelantarme a todo lo que necesitara para que no se enfadase conmigo; vivía alerta y me levantaba corriendo de la cama con esa sensación que todavía me acompaña, sabiendo que haría algo mal para ella y habría problemas. Prefería las discusiones al silencio; el silencio me castigaba, me desvivía para conseguir su aprobación, pero nunca llegaba. Nunca me miraba, y yo veía como poco a poco mi autoestima iba desapareciendo, pero mi amor por ella crecía y crecía sin que yo controlara absolutamente nada… Me rendí a ella, dejé de ser yo, mis niveles de ansiedad y angustia se multiplicaron, me cambió el metabolismo, empecé a no digerir muchos alimentos, a tomar cuatro pastillas al día, no tenía fuerzas para nada que no fuese tener un detalle con ella, agradarla o poner toda mi atención en no enfadarla. Solo quería que me mirara. No entendía por qué no me quería como la quería yo a ella. Qué estaba haciendo tan mal para que no me aceptara. Nos gustaban las mismas películas, nos gustaba el agua, tenía una inteligencia desbordante, y eso la hacía muy atractiva. Sabía que su energía era arrolladora, que conseguía siempre lo que quería, que seducía a quien quería…

Una semana después llegué a casa, tenía un paquete y una nota que me decía: «Para que escribas tu guion». Era un iPad. Me puse a llorar, pero no de emoción. Sabía que ese regalo no venía del amor, sino de la culpabilidad, del remordimiento. No era amor. Era un intercambio en el mercado. Era dolor. Sé que me quería, como yo la quería a ella. Como escribí en una de mis canciones, nadie nos enseñó a compartir heridas, nadie nos enseñó a querernos bien, y ella fue la primera que me dijo que las heridas eran como hilos invisibles que nos mantienen unidos. Nos unían las mismas heridas, y cuando alguien está herido no puede querer. Yo estaba herida, ella estaba herida y todos estamos heridos. Acudí a los psicotrópicos. Esta es mi historia con el LSD pensando que me curaría. Los probé en casa de Ana Mendi, donde conocí también a Mery; tenerlas en mi vida ha sido un regalo y un privilegio para mí, son auténticos seres de luz. Sin embargo, pensar que me curaría tomando LSD fue horrible. Así escribí esto en este viaje en el que el agua fría de la ducha me quemaba. Vomité palabras, las derramé en la pantalla del móvil y las dejé así grabadas.

Julia le muestra ese vómito de palabras en su móvil a Paula. Paula con un gesto le pide que haga lo de otras veces, que le lea el texto cerca del oído, como un susurro. Y de nuevo comparten palabras. El texto del móvil dice así:

Llevo meses investigando sobre el tema. Que dejemos los antidepresivos, que tomemos LSD.

Como ya no sé ni identificar por qué estoy triste, me lanzo a las drogas huyendo ya no sé de qué.

Al final todo acaba en lo mismo.

Al final siempre lloras.

Llevo todo el día poniendo fotos y vídeos en Instagram como si estuviese genial…

He llegado a casa, he preparado lo que me sobraba de una pizza cutre de esas de plástico en el horno y, como voy ciega, se me ha quemado.

Además de asumir que soy adicta a las drogas, al móvil, a las redes, a lo que opinan de mí y, por qué no, a mi sufrimiento también.

Qué cojones, ¿tengo de todo, no? Casa, malvivo dedicándome a lo que puedo, se supone que tengo unos amigos increíbles que lo darían todo por mí…

Llevo todo el día intentando que no se me note que soy una persona profundamente infeliz, triste, y en teoría todo lo he heredado y viene en mi ADN.

Eso me dijo Álex, el acupuntor.

Sí, porque como no sé ya a quién acudir, me siento como una peonza dando vueltas y probándolo todo para no sentirme sola.

Incluso voy a comerme esta pizza dura de mierda, posiblemente caducada y con una pinta asquerosa, porque no tengo la fuerza ni la autoestima suficientes para ir a la compra a por nada que no sea para otra persona…

Solo me gusta ir al supermercado si es a comprar para dos, o para amigos o para un fin… Nunca pienso en alimentarme yo, eso es secundario, total, voy a vivir igual.

Mañana va a seguir siendo mañana.

Tampoco quiero poner el lavavajillas, porque limpiaré los cubiertos y la única persona que está al otro lado soy yo otra vez, entonces qué sentido tiene.

Prefiero que la vajilla siga sucia.

Prefiero que todo lo que tenga que ver conmigo esté sucio o que no se pueda comer porque está caducado o es tóxico.

El tema es que no quiero sufrir y me imagino que si estás leyendo esto tú tampoco.

Estoy harta de que me digan que me ponga a meditar.

Estoy muy confundida.

Me dicen que me medique para no sufrir, pero ahora medicarse también es malo.

Quiero poner algo en el iPad, pero solo verlo me recuerda a ti.

La pitonisa de los sicarios tenía razón. Sí, esa pitonisa me dijo que le echaba las cartas a los sicarios, porque también eran personas… Por lo visto los sicarios se sienten mal y necesitan ayuda, como todos.

Es un tentáculo. Me tengo que deshacer de él.

E., solo escribo la inicial, una pitonisa nueva, me ha dicho que había algo con lo que X ha intentado comprarme. Rápidamente he visto el iPad.

No me regaló nada el día de mi cumpleaños porque me dijo que no le salía tener detalles conmigo. Diez días después, apareció con el iPad.

En la dedicatoria ponía: «Para que puedas escribir tu guion», y tiene gracia, ¿no?

Escribo en el móvil, porque no puedo ni acercarme al iPad.

Lo odio.

Lo he sacado de la habitación, porque noto que no me deja dormir.

Antes de llamar a la pitonisa E., intenté integrarlo en mi vida. Lo saqué de la caja, lo miraba y me daba miedo.

También tenía unas ganas irrefrenables de destruirlo.

Hoy he intentado comprarle una funda. Por hacer las paces. Pero no he podido.

Me he echado a llorar delante del stand de la Fnac.

Suerte que ha aparecido Rachel, la compañera de piso de Any, y hemos salido de ahí.

Lo he sacado de la habitación. Lo he escondido en el armario, pero sé que está ahí. Porque yo lo he escondido.

Pero no puedo tenerlo más en la habitación.

He tenido una conversación con él.

Me he enfrentado a él.

No puede estar aquí.

Le he dicho a Jota que llevo toda la noche hablando con el iPad para que se vaya.

Me ha dicho: «Por lo menos tienes un iPad con el que hablar».

Todo esto me recuerda que no he puesto el lavavajillas, porque el iPad tampoco come.

Ya le he dicho que mañana se va.

Lo he sacado de la habitación y siento que no me mira.

No para de llover.

Están anunciando inundaciones.

La lluvia golpea fuerte en las ventanas.

Empiezo a notar el frío.

No sé si se me ha pasado del todo el efecto del LSD.

Estoy escribiendo todo con el móvil para no hablar con el iPad y a veces me bailan las líneas.

Sinceramente la ayahuasca no creo que sea para mí.

Voy a darle otros dos lingotazos a la perla. Algo hará.

«Refuerza las ganas de vivir del individuo».

Me queda la mitad del frasco y lo recibí hace un par de días.

El iPad se tiene que ir.

Me quiero ir a dormir y no tengo ganas de tomarme otras miles de millones de pastillas más.

Siento como si me hubiesen dado una paliza.

Me duelen la cabeza, el cuello y los músculos de la cara.

Vuelvo a tener un calor horrible.

He sacado el iPad del armario.

Le he puesto la funda.

Rápidamente lo primero que me ha venido a la cabeza ha sido: «Ves, te dije que compraras la funda de Apple, esta es una mierda».

Grito. Bronca. ¿Qué coño hago con este iPad?

Lo odio.

Pero él no tiene la culpa.

Rápidamente he cerrado la caja.

No lo soporto más.

El iPad se va.

He sacado el iPad del armario por si se agobiaba.

Lo he dejado apoyado detrás de los muebles para no verlo, pero lo he sacado fuera de la caja por si necesita respirar.

Sé que no está vivo.

Pero necesita respirar.

No creo que el iPad lo esté pasando bien.

Nota el rechazo.

Como cuando no te lo dicen, pero se nota… Y tú lo sientes.

Es lo que debe de sentir ahora.

Y no puede hablar.

Es como me he sentido yo hasta ahora.

Igual, el iPad y yo estamos igual.

Pero por lo menos sé que fuera del armario podrá respirar un día más, hasta que se vaya con Jota o con Mane.

Pero se tiene que ir.

He sentido este rechazo tantas veces.

A tu lado lo he sentido como nunca, sé que lo sabes, pero haces como que no…

Y con las anteriores también.

Siempre he odiado los sitios que me recuerdan a vosotras.

He estado meses a tu lado sin que me tocaras, me miraras, me aceptaras.

SOY UN iPAD.

Y te tienes que ir, pero ¿entonces me estoy echando a mí misma?

Si echo al iPad, si lo rechazo, le haré lo mismo que me han hecho a mí siempre.

Todo lo que haga va a estar mal hecho.

Necesito encontrar una familia que quiera al iPad.

Una familia que lo cuide y lo valore.

Al final todo era esto.

El iPad no ha decidido nada en su vida.

Siempre han decidido por él.

Nació en un sitio muy oscuro y él no ha elegido nacer ahí.

Puedo cambiar su destino.

Puedo buscarle una familia con luz, donde pueda crecer y envejecer.

Cumplir su obsolescencia programada.

Puedo no acabar siempre la historia con drama.

Puede acabar bien, puede ser feliz.

Puedo darle la vuelta a la historia y que, en vez de que el iPad sea algo que me ataca, sirva para que ayude a otra persona.

Duermo o hago que duermo.

Hoy me he levantado como si me atropellase un camión.

Me he hecho el desayuno, que hacía mucho que no me hacía un desayuno para mí, y he puesto la lavadora.

Me apetece que termine.

Me hace feliz haber puesto una lavadora para mí.

No siento resaca.

No siento el hastío y el vacío de la cocaína de siempre.

Estoy cansada, he dormido poco.

Pero la piedra tan enorme que tengo encima ahora no pesa.

Supongo que volverá.

El iPad se va a vivir con Mané, allí estará bien, lo cuidarán y le darán mi mimo. Mané le dará mimo.

También he puesto el lavavajillas.

Me apetece salir a comprar y hacerme algo de comer, pero iré a la mani contra el suicidio con mi amigo Pablo Occimorón.

No me siento triste, tampoco feliz.

Pero no quiero ingerir más químicos.

Quiero dejar la medicación.

Ha salido el sol.

La tormenta ha terminado y está todo en calma. Luce un sol apabullante.

Tengo muchísimo calor.

He puesto a secar las sábanas blancas.

Mi amigo Álvaro dice que siempre hay que llevar ropa clara. Su hermana trabaja en una tienda de textiles y nos contaminan con los tintes. Quiero quitarme todo lo que me contamina.

Le he echado unas cuantas gotas de perla al colacao.

El perla me lo mandó un kinesiólogo que decía que era natural.

El olor a anís me reconforta.

Me relaja.

Lo estoy asociando con estar en casa.

Mi tío Kurosh es de Irán. Es imposible que se acuerde, pero, unas noches después de que mi madre muriese, él me dijo que cuando estuviese mal me duchase.

Que el agua purifica.

Al venir de un país oriental, cuida, venera y protege el agua.

Eso mismo empiezo a hacer yo.

No sé si funciona, pero siento que, cuando me ducho, dejo caer todo lo que he arrastrado y que acabará en el vaso de agua con sal que tengo bajo la cama.

Tengo muchos vasos de agua con sal bajo la cama.

Me dijo una de mis pitonisas amigas que los pusiera para quitarme las malas energías del exterior.

Una vez se asustó, porque la sal rebosó del vaso quince días después de estar en su casa.

Hoy no voy a aparentar nada.

No me voy a vestir de nada que me haga parecer guay.

Quiero caerme en mis amigos.

Solo quiero dejar de vivir.

PAULA: ¿Y qué hiciste con él?

JULIA: Le busqué otra familia. Notaba su energía. En la habitación. Llegó un momento en que no pude más… Pero esto fue hace mucho tiempo. No hago más que hacer planes para no llorar, porque he llorado en todas las terrazas de Madrid.

PAULA: Mira, te voy a decir una cosa, Julia. Tienes que estar a la altura de tu talento. No solo vale con tener talento, hay que saber reconocerlo.

JULIA: Y tú tienes que estar disponible. Porque el amor consiste en estar disponible, como me dijo mi amiga Laura. Y tú no lo estás.

PAULA: ¿Conoces a esas personas que al principio no te gustan nada, pero, como eres una dependiente emocional y te hacen casito, te dejas querer? Entonces meten la patita y cuando ya está dentro del todo… ¡Zas! Te deja. Esto ha sido todo un secuestro emocional.

JULIA: Sí, esas personas que se sienten inferiores a ti y te parten las piernas para que caigas y te pongas a su altura. Te maltratan hasta que caes a su nivel y pueden humillarte hasta que pierdes una vez más toda la autoestima.

PAULA: Entonces ¿por qué no nos contestan a los mensajes?

JULIA: Porque no saben gestionar bien lo que sienten. Es más fácil cagarse en todo y agredir. Prefieren eso a escudriñarte o pensar en lo que te pasa e intentar solucionarlo. Hay muchas cosas que vamos a sufrir y tendremos que echarnos a un lado, poner el coño en modo avión y dejarlas correr.

PAULA: Entonces ¿te vas a ir? ¿Lo vas a dejar?

JULIA: Te voy a responder con la letra de «Déjala correr» de Rocío Jurado: «No cuentas con nadie, / no quieres a nadie, / vives en un mundo en el que no hay nadie en él. / Yo solo te ofrezco agua limpia y fresca que no quieres beber… / Pues déjala correr».

Me ha parecido ver que se rozan las manos y que sonríen de nuevo… O tal vez no, solo son imaginaciones mías. Todo se apaga a mi alrededor. Necesito de nuevo una pausa. Abandonar en su soledad a Julia y Paula. Retirarme. Pasear de nuevo por las calles de Madrid o recordarlas. Y otra vez me salen del interior unas palabras que necesito gritar (tal vez son mi historia) y que las escuchéis:

Siento amor y no duele.
Siento amor y no asfixia.
Siento amor y no desgarra.

5

La cofradía del sufrimiento

Es el quinto día. Julia y Paula van a vivir su penúltima jornada en el gimnasio y no tengo ni idea de cómo acabará su historia. Me palpitan varias cosas de todo lo que sabemos o intuimos de ellas. Podríamos pensar que Julia fue una mujer sobresaliente en el pasado, llamaba la atención, tenía poder, lo ejercía (y estoy segura de que lo hacía bien, no tan mal como se hace normalmente), contaba con autoestima y, dentro de unos determinados parámetros, podríamos decir que era feliz. Tenía las cosas claras y me pregunto qué pudo pasarle para convertirse en alguien tan pequeño con miedo a tomar decisiones. Con miedo a todo.

Las dos han sufrido la pérdida de seres queridos, ergo las dos tienen carencias afectivas; sin embargo, Paula vive estupendamente en una zona de confort que odia. Tengo que obligarlas a tomar decisiones, que es lo más difícil que existe después de poner límites.

Ni que decir tiene que estas dos personas no existen, no están basadas en nadie y a la vez están basadas en todas y en todes nosotres. Las dos tienen también mucho de mí o quizá no tienen nada. No he hablado de su sexo ni de su piel ni de su orientación política, etcétera. Eso no me importa, solo me interesa su «emocracia», la teoría de las emociones que la llaman los analistas políticos. Si les he puesto dos nombres femeninos es porque mi gata se llama Julia y Paula rimaba con la a. Interpreto que lo habréis entendido así, pero por si acaso. Podemos inventarnos todo lo que queramos sobre ellas. Es lo que tiene ser creadora, que eres libre de hacer lo que deseas con los personajes que inventas y opinar sin prejuicio alguno.

A mi amigo Jordi Buxó, productor de teatro, después de que viésemos la función de *Los gestos*, de la que he hablado al inicio de este humilde fanzine, de Pablo Messiez, le dije que estaba segura de que el público no había entendido nada. Él me respondió que «había que dejar de juzgar el nivel intelectual del público», dando por hecho que todo el mundo está suficientemente capacitado para entender lo que le estás contando. Sin embargo, entiendo que Pablo Messiez esperase la misma aprobación a la que está acostumbrado, porque es un genio, con obras como *La volun-*

tad de creer o *Las canciones*, brillantes en todos los sentidos. Pero ¿cómo se es un genio las veinticuatro horas del día? ¿Y cómo lo gestionas con la gente que te rodea, manteniéndote alejado de las críticas? Sí, porque al genio no se le permite ser solo brillante ni mucho menos cometer errores. Estoy de acuerdo con Jordi en que además el público es soberano.

Con todo esta chapa quiero decir, desde la más absoluta humildad, que lo que he querido con mis personajes es que se describan más por lo que sienten, pues no he mostrado cómo son, porque eso aquí no es importante. Y que espero que entendáis todo lo que he querido expresar a través de ellas. Y todo lo que podéis inventar sobre ellas.

Reconozco que he pensado mucho en el pasado de Julia. Para mí, Julia es un genio, pero me gustaría entender en qué momento tuvo que hacerse más pequeña para poder encajar, en qué momento dejó de demandar para solo dar, en qué momento se perdió a sí misma…

Paula ni siquiera sabe dónde está ni lo quiere saber, porque igual simplemente no quiere nada. Quiénes somos nosotros para juzgar si alguien no quiere absolutamente nada o no se atreve a verbalizar lo que desea en concreto. Lo mismo por no molestar mantiene el silencio no solo con los demás, sino también consigo misma.

De lo único que tengo certeza es de que pasan los días, los meses, los años, las décadas, los siglos... El tiempo pasa. Y, como decía un personaje en *La vida secreta de las palabras* de Isabel Coixet, tenemos que aprender a matar el tiempo antes de que el tiempo nos mate a nosotros. Así que, si tuviese que definir a Julia, para mí sería lo que la historia ha denominado una *femme fatale*.

En Wikipedia definen este término así:

> Una mujer fatal (traducción del término original en francés: *femme fatale*) es un tipo de personaje, normalmente una villana que usa la sexualidad para atrapar al desventurado héroe. Se la suele representar como sexualmente insaciable. Aunque suele ser malvada, también hay mujeres fatales que en algunas historias hacen de antiheroínas e incluso de heroínas. En la actualidad, el arquetipo suele ser visto como un personaje que constantemente cruza la línea entre la bondad y la maldad.[23]

Tiene tela la definición, ¿verdad? Por cierto, antes de seguir, tengo mucho que contar de la Wikipedia (y os juro que viene al caso). Mi amiga Marta Delatte, investigadora de internet, profesora y escritora especializada en cultura digital, feminismo, género y sexualidad y tecnología, es experta en activismo en redes y además me echó una mano en el discurso que di cuando me otorgaron el Premio Pluma hace dos años. Bien, pues ella me explicó lo que era el consenso de los gilipollas. Y vais a alucinar.

El término nació a partir de un artículo que escribió Bryce Peake en 2015 en *The Signpost*, una publicación escrita por colaboradores de Wikipedia y que aborda cuestiones, temas, celebraciones y eventos relacionados con la enciclopedia libre.*

Peake denunciaba como, si se escribía en la enciclopedia libre sobre la violencia sexual en los campus de las universidades de EE.UU. (algo que preocupaba mucho y que estaba muy de actualidad en el momento en que se publicó dicha información), un grupo de editores lograban eliminar con éxito dichos contenidos, empleando como excusa diversas políticas de Wikipedia sobre lo que constituía contenido apropiado para la enciclopedia, lo que dejaba en evidencia que había un «consenso» que reinaba en los espacios de Wikipedia que permitía una brecha de género grave, entre otras cosas. Es decir, estos grupos de hombres emplean las normas de Wikipedia de tal manera que limitan la producción de contenido libre en vez de recoger el saber y la diversidad de conocimiento.

---

* Si queréis echarle un vistazo, podéis hacerlo en este enlace: <https://en.wikipedia.org/wiki/Wikipedia:Wikipedia_Signpost>

Me gustaría destacar el gran trabajo que está haciendo un grupo de personas en Wikipedia para luchar contra la brecha de género, mediante la creación de perfiles nuevos para visibilizar a las mujeres y la edición de los que ya existen, evitando, por ejemplo, adjetivos que no aportan nada a la información de la biografiada. Y esto aquí es gracias a la Wikiesfera, un espacio de autoaprendizaje y desarrollo de dinámicas inclusivas en torno a la edición en Wikipedia. Nació como grupo de trabajo estable en 2015 de la mano de la periodista Patricia Horrillo. Son ya imprescindibles (y me atrevería a decir que todo un clásico) las editatonas que organiza, verdaderos maratones de edición, donde varias personas se juntan para crear contenido nuevo en la enciclopedia libre, combatiendo la brecha de género y haciendo visible la ausencia de artículos sobre mujeres. Me alegra poder decir que Patricia es una gran amiga y además creó mi biografía en Wikipedia. En la que por cierto tuvo que correr a borrar un adjetivo que me pusieron: exhibicionista (que, mirado así con el tiempo transcurrido, me hace hasta gracia). Está claro que, mientras no se escriba de nosotras, no existiremos.

Pero volvamos a Julia y al concepto de la *femme fatale*. La definición de *femme fatale* está planteada desde un punto de vista heterocentrista. Para el mundo heteropatriarcal es imposible que una lesbiana pueda ser una mujer fatal; es decir, nunca nos relacionan con algo lujoso, con poder, con decisión, etcétera. No obstante, si hacemos memoria y nos damos un paseo por la historia, muchas mujeres a las que les han puesto dicho apodo se acostaron con otras mujeres y se vieron también deslumbradas por el poder de otras. Sin embargo, en el relato oficial de sus biografías se ha intentado tapar que hubiesen podido tener alguna relación sexual con otra mujer, porque el patriarcado no lo ha visto suficientemente sexy. Estoy harta de que nos pongan a las lesbianas en esa posición.

Una vez un señor en un bar me dijo: «Ah, eres lesbiana», y le contesté que sí. Quise saber por qué me lo preguntaba y me dio esta respuesta: «No, porque eres guapa». Creo que esta frase resume la cantidad de tonterías que hemos tenido que soportar, como que quién es el hombre de la relación, que vivimos enterradas entre gatos o que sabemos colgar cuadros. Ni que decir tiene que, en la empresa o en grandes compañías, hemos tenido que jugar a camuflarnos para que no se nos notara y así poder acceder a muchísimos puestos de trabajo normativos.

Al intentar buscar en la cultura más pop referentes de estas mujeres, más allá de cosas que no puedo confirmar, más allá de la broma popular de Martes y Trece de «A Palma, Isabel» o su jugueteo en la playa con María del Monte (menos mal que, años después, para sorpresa de nadie, salió del armario), y teniendo en cuenta que a la mayoría de nuestras compas lesbianas y trans no se las hubiesen cargado en el Patronato, la tarea es ardua. Sin querer además agarrarme al pipazo de Lola Flores, a Chelo García Cortés (que, por favor, no tengo nada en contra de esta señora, pero que dejen de ponérmela como referente lésbico) y huyendo de películas como *La vida de Adèle*, más que cancelada con los años… Bien, con todo esto, me he dado cuenta de que las lesbianas nos hemos tenido que inventar nuestra cultura popular.

Por ejemplo, para mí el referente de *femme fatale* y diva marica sería Cleopatra. De verdad, ¿os podéis creer que, con esas maravillosas orgías y con esos venenos que dicen que consumía, Cleopatra nunca cató a alguna mujer? No tengo ninguna confirmación de esto, pero qué queréis que os diga, prefiero quedarme con el sí.

Que, por cierto, buceando sobre si podría haber algún indicio o no de Cleopatra y sus relaciones con mujeres me encontré con un artículo de *El Español*, «Cleopatra, la experta en felaciones conocida como "la Boca de 10.000 hombres"», que dice cosas de lo más interesantes, a ver qué opináis. Nos cuenta que en el Antiguo Egipto se vivía la sexualidad sin complejos y que las formas fálicas no faltaban en las representaciones. No hay evidencia de si se toleraba la homosexualidad, pero no hay tampoco testimonio de que se castigara o condenara. La prostitución no estaba prohibida; es más, las meretrices eran sagradas. Las familias regalaban a las hijas más bellas a los sacerdotes del templo. También existían las felatrices, mujeres que solo practicaban el sexo oral con unos labios que se pintaban de un rojo intenso. Uno de los rumores que recoge la historia es que Cleopatra era toda una reina en este arte y que tenía apodos como «la boca de diez mil hombres» o «la de los gruesos labios». Hasta Plutarco nombra su voluptuosidad infinita al hablar y la dulzura y armonía de su lengua… Pero, vamos, que sepáis que el autor de *Vidas paralelas* también era bastante crítico con la egipcia.

Así que, si Cleopatra era inteligente, bella, seductora, culta…, ¡¡¡cómo iba a ser lesbiana o bisexual!!! Pero ¿cómo se os ocurre pensar tal cosa? Estos adjetivos no nos los ha dedicado nunca la historia.

Para mí, Cleopatra tuvo un devenir queer, como lo han tenido todas, en palabras de Paul B. Preciado. Este filósofo establece una serie de políticas que caracterizan a los sujetos queer a partir de lecturas como Foucault, Deleuze, Guattari o Wittig. En el artículo «Multitudes queer: notas de una política para "los anormales"» (Preciado, B. [2005]. *Nombres* (19). Universidad Nacional de Córdoba), este autor ofrece una definición de queer que remarca su condición colectiva y propone cuatro políticas que practican estos cuerpos, que parten de lo que llama la «desterritorialización» de la heterosexualidad: la «desidentificación», las «identidades estratégicas», la «reconversión de las tecnologías del cuerpo» y la «desontologización de la práctica sexual».

Tengo un busto muy extraño de Cleopatra que me dejó mi padre en herencia y que no sé muy bien de qué material es, solo veo su cara cuando me despierto, pero digamos que a mí esta mujer me da los buenos días cada mañana.

También las monjas nos han dejado buenas historias a las que aferrarnos. No hay nada como buscar información y leer. Por ejemplo, me ha encantado descubrir a sor Juana Inés de la Cruz. Allá, al otro lado del océano, en tierras mexicanas y en el Siglo de Oro, ella sabía relacionarse bien y tuvo buenos mecenas, pues disfrutaban de su compañía, como el marqués de Mancera y, sobre todo, su esposa Leonor de Carreto. En uno de sus poemas más hermosos, en homenaje a la muerte de la marquesa, aparece con el nombre de Laura:

> *Mueran contigo, Laura, pues moriste,*
> *los afectos, que en vano te desean,*
> *los ojos, a quien privas, de que vean*
> *la hermosa luz, que a un tiempo concediste.*[24]

Juana era una mujer estudiosa, que no tenía ningún interés en casarse, así que se metió a monja. En el convento creó su habitación propia. Allí desempeñó distintas tareas como tesorera, secretaria o archivera, pero también pudo dedicarse a sus estudios en diferentes disciplinas como las matemáticas, la filosofía, la teología, la música, la pintura, las lenguas, la mitología… Fue una mujer que no solo escribió mucho, sino que se relacionó con los artistas y las celebridades de la época. Disfrutaba también de la música y de la ciencia. Vivía con los tiempos… Adquirió fama y éxito y su nombre estuvo acompañado de polémica y controversia por sus opiniones, porque tomaba partido y criticaba a sus compañeros del clero masculino. Bueno, pues no hay confirmación, pero me encanta pensar que Juana y Leonor fueron dos amigas que se besaban y de la mejor compañía, que dice Rosalía. Para mí, sor Juana era toda una influencer de su tiempo y me pregunto cómo haría para que no se le notara.

La historia de otra monja la descubrí en los escenarios de un teatro. La obra *Breve historia sobre el ferrocarril español*, dirigida por Beatriz Jaén, cuenta una maravillosa comida de coño entre Isabel II y una monja llamada sor Patrocinio (ay, qué nombre, Dios mío). No os dejéis engañar por su título viejuno, la obra es una magnífica declaración de intenciones.

Cuando salí de la obra, le pregunté al autor, Joan Yago, si esta historia estaba probada. Él me explicó que fue una decisión de la directora, que no tenían pruebas fehacientes de que hubiese existido esta relación lésbica, pero sí que era auténtica la relación de poder que se estableció entre ellas. Se llegó a decir que Isabel no hacía nada sin el permiso de la monja. No sabemos si era una relación tóxica entre dos mujeres, si era amor correspondido o no o si sor Patrocinio ejercía algún tipo de hechizo embaucador en la reina. Cuando Isabel II nació, sor Patrocinio dijo que estaba maldita y que sobre ella caía una gran maldición. Cuando la reina creció, lejos de hacerle la cruz a Patrocinio, parece ser que la invitó a más de una fiesta, de esas que le gustaban tanto, y además se convirtió en su sierva. ¿En la relación entre ambas habría algo de prácticas BDSM? ¿Serían fetichistas? ¿Sor Patrocinio sería la dueña…? No lo sé, la verdad, pero me encantaría que así hubiese sido.

Le comenté a Beatriz que quería incluir su versión de esta historia y ella amablemente me contestó: «No me puede hacer más feliz que salir nombrada en una buena comida de coño imaginaria y escénica entre una reina y una monja». Ahí me demuestra lo buena directora que es. Por cierto, me imagino a Isabel pidiéndole a Patrocinio que la mirase. No quiero ni pensar cómo tienes que estar como para que alguien que te dijo cuando naciste que estabas maldita, cojas luego y beses el suelo por donde pisa. ¿No os parece que esto da una pista de cómo el amor, más bien el mal amor, la inseguridad y la destrucción de la autoestima pueden hacer que perdamos la cabeza?

No quiero defender a sor Patrocinio, pero era una mujer herida, pues su madre la abandonó cuando solo era un bebé. También se la conocía por «la Monja de las Llagas», porque de la nada le salieron por todo el cuerpo y según ella se las hacía Dios. Hay que tener coño para luego decir que una niña estaba maldita… Esta historia de las llagas no solo la hizo famosa, sino que provocó que en su camino se cruzaran muchos detractores, incluso compañeras de su mismo convento dudaban de la naturaleza de estas llagas. Sufrió juicios y varias veces intentaron destruirla. La reina no fue ajena a estas historias, la visitó y dio comienzo su extraña relación. Intentaron también poner a Isabel II en contra de ella, pero la reina siempre creyó en la amistad entre ambas y la defendió hasta el final. Isabel solo escribió cosas buenas sobre ella: «Y doy muchas gracias a Dios por que me ha conservado la vida hasta este momento en que puedo desmentir de una manera solemne todas las calumnias e imposturas que contra tan santa religiosa propagaron los enemigos de Dios y de la patria española. Aunque mi amada y venerada madre sor Patrocinio no tuviera a su favor más que la clase de hombres que la persiguieron, desterraron y calumniaron, tendría bastante para que cualquier persona sensata se formara un subido concepto de su virtud». Por cierto, sé que esta historia le va a encantar a mi grupito de la López Ibor. No es que yo esté yendo, sino que hablo un montón con Raquel, una de las del grupo, y con la que he forjado una gran amistad digital.

A nadie se le ocurriría pensar que una lesbiana podría ser una *femme fatale*, pero hemos aparecido en la historia del audiovisual como las malas malísimas, vampiras o asesinas, y prueba de esto es la tesis de Francina Ribes, *Ausencia y exceso. Lesbianas y bisexuales en el cine de Hollywood,* que ahora es un interesante libro. El ensayo de Ribes habla de los personajes femeninos de películas tan populares como *Instinto básico, Mujer blanca soltera busca, Juegos salvajes* o *Criaturas celestiales* que reflejan a mujeres fuertes con una sexualidad ambigua y que además ejercen la violencia y el asesinato. De tal manera que muestra cómo durante el auge del neonoir de los ochenta y los noventa se impuso un arquetipo: el de feminidades excesivas que tienen sobre sus hombros la herencia de las *femme fatales* clásicas y la figura de la vampira lesbiana. Es interesante esta visión porque la autora es consciente de que el personaje nace bajo una mirada misógina y homófoba, pero los personajes se escapan y vuelan libres para terminar mostrando un fuerte potencial subversivo.

Al seguir estos hilos de la historia y de las representaciones, me doy cuenta de que nunca nos han asociado a la belleza, a lo divino, a lo especial, sino siempre a lo peor de lo masculino tóxico (os aclaro, por favor, que lo masculino no es malo coloquialmente hablando, ya me entendéis). Breton decía: «La belleza será convulsa o no será». Qué hay más bonito que las convulsas, las torcidas o las abyectas…

Me imagino a todas nosotras con estas mujeres de las que he hablado saliendo en una especie de cofradía del sufrimiento cagándonos en todo. Que, por cierto, existe una cofradía toda de mujeres. Ellas van con los capuchones también y da algo de miedo, pero también llevan un rollo superempoderado, como si fuesen heroínas de Marvel.

¿Después de toda esta reflexión que me he marcado, no creéis que es hora de regresar con Julia y Paula? Aunque ya mi mirada sobre ellas es algo distinta. Ya da igual que una sea *femme fatale* o la otra viva en una zona de confort que odia…, o realmente todas estas cosas importan mucho.

Julia llega a la puerta del gimnasio, pero hoy no quiere entrar sola. Prefiere estar mirando el móvil y esperar a Paula. Siente que, si no entra con ella, le está fallando, como si tomar alguna decisión sin contar con ella no estuviese bien.

Se encuentran en la puerta y entran juntas. Hoy en la clase no hay bicis. Cogen una esterilla, dejan las mochilas y se sientan en el suelo, atrás del todo. Se respira otro aire. Emanan otra energía, la clase también. Han creado un clima de calma, de confianza, de amor, de seguridad en sí mismas…, como si estos cinco días realmente les hubiesen hecho conocerse un poco más o por lo menos saber verdades sobre ellas.

No me preguntéis el motivo, pero ante esta imagen de Julia y Paula me acaba de venir a la cabeza el libro de un monje budista que me leí en su día, *Silencio* de Thich Nhất Hanh. Su subtítulo es «El poder de la quietud en un mundo ruidoso». En este libro se explica que uno es libre cuando controla su cuerpo, cuando ya no tienes ningún poder sobre él, pero a la vez posees todo el control. En *Silencio* se cuenta la historia de un monje vietnamita, Thích Quảng Đức, que se autoinmoló en 1963 para protestar contra la violencia y la guerra de Vietnam. Se quemó a lo bonzo en una postura de meditación, sin moverse. El autor explica que para él eso es ser verdaderamente libre, cuando ya no eres consciente de lo que duele y lo que no…

PAULA: ¿Sabes qué, Julia? Voy a escribir un libro.
JULIA: ¡No me digas! ¡Qué bien!

Paula: Va a ser bastante depresivo, como yo.

No puede evitar reírse.

Julia: Bueno, para mí no eres depresiva, sino consciente.

Paula: Visto así, tienes toda la razón. Quiero escribir un libro para decir que estoy en el límite. Julia, estoy en el límite… Hoy he descubierto lo que dice el número once. Como estoy loca, me he puesto a estudiar numerología. Todas las personas con las que he salido cumplen años un día 11. ¿Sabes lo que significa el número once? Es el numero maestro, adivinamos el futuro, provocamos paz y vemos muertos.

Julia: ¿Que ves muertos?

Paula: Te lo juro, veo muertos. O los intuyo. Bueno, no sé, pero es como si fuesen buenos, los muertos son los buenos, ¿sabes?, no los vivos. ¿Cómo sabemos que estamos en el mundo real y que este gimnasio existe? ¿Esa esterilla está en el suelo? ¿Tú te encuentras tumbada en ella? No sé, últimamente, no paro de darles vueltas a las cosas, como si fuese siempre de una estrofa a un estribillo, como si me levantase y fuese el mismo día, como si siempre tuviese los mismos sueños. Deseo escribir un libro, pero no quiero que nadie me diga que no puedo hacerlo, ¿sabes? Estoy harta de que me digan lo que no puedo hacer. Llevan toda la vida diciéndonos lo que no podemos hacer. Tengo el síndrome de la impostora y me va a reventar. Gano menos que cuando tenía dieciséis años… El número once dice que tengo tendencias suicidas y que puedo adivinar el futuro.

JULIA: Qué fuerte.

PAULA: Sí, lo de la numerología es bastante heavy. Encaja porque el otro día me echaron las cartas del tarot y me salió una tirada buenísima. Pero, te cuento, ¿quieres saber de qué va a tratar mi libro? De repente, un día el protagonista aparece con dinero, con trabajo y liga mucho. Voy a proyectar en él todo lo que quiero proyectar de mí. Suena bastanteególatra, pero el libro lo escribo yo. El protagonista tiene que sacar todo el dinero del banco antes de primero de mes para que no se lo quiten todo en multas. Quiero hablar de esto. De la verdad, de lo que no se habla, de lo políticamente incorrecto y de lo que no vende.

JULIA: ¿Sabes lo peor? Que no puedes verbalizarlo, pero sí puedes escribirlo.

PAULA: Ayer leí una frase en la que no he dejado de pensar: «El silencio es la ausencia de ruido. El vacío. Una página en blanco para que otros puedan brillar».

JULIA: Yo también estoy cansada de ser una página en blanco para que otros puedan brillar.

PAULA: No puedo verbalizar que más del 80 por ciento de la población tiene depresión. A mí la palabra «loca» me encanta, me parece que tiene una fuerza increíble. Ya lo dijo Malena Gracia. Durante toda mi vida, los años donde más tenía que disfrutar se convirtieron en un infierno. He visto lo que pasa si no molas. Si no te quedas el último esperando a que alguien te dé algún resquicio de droga barata de poca monta por la que has pagado sesenta euros. ¿Piensas que en ese local se ha quedado una amiga, verdad? No, la realidad es que ni siquiera va a salir a despedirse, sino que se quedará con los crápulas, con todos los detritos de la plaza del Dos de Mayo. Ella prefiere el lumpen, mucho más que a mí… Yo me iré a casa, puesta hasta las cejas, y me tomaré el diazepam de turno esperando vivir un día más en este mundo.

JULIA: No eres más que un momento, un lugar, un segundo.

PAULA: Claro, todo esto hace que me pregunte qué es verdaderamente la amistad. ¿En una etapa de crisis, los amigos no son los que te dan ganas de vivir? ¿Serías capaz de decirme quién no te vendería por algo que le viniese bien? ¿Podrías nombrar a tres amigos que te priorizarían sin dudarlo…?

Mira a Julia sin acritud ni enfado. Tampoco vencida. Más bien como si ella sí hubiese entendido algo de lo que está intentando expresar.

PAULA: No es que yo no tenga amigos, pero, si tienes que sobrevivir y si tu felicidad depende de algo, elegirán ese algo. Pensar en los demás es una decisión personal, una elección, una manera de vivir. Pero, si eliges depender de los demás y esperar algo a cambio, vas a perder.

JULIA: No puedes esperar de los demás lo que tú harías, Paula.

PAULA: Me acabas de llamar por mi nombre. Nunca te lo había oído pronunciar. Quiero escribir sobre eso…

JULIA: Nadie va a querer comprar ese libro. No escuchamos canciones de más de tres minutos, ya no leemos periódicos ni libros. ¿Por qué no te haces un pódcast?

PAULA: Porque lo tiene todo el mundo. Y eso se borrará de la red.

JULIA: Pues casi mejor, porque para lo que tienes que decir. Vas a deprimir a toda esta gente…

Julia señala a las demás personas que están en la sala y que cada día tratan de matar su rutina depresiva con la clase del gimnasio.

PAULA: Joder, pero es que alguien tendrá que hablar de eso. No me he puesto a escribir antes porque tenía tres trabajos para poder mantenerme; además, ni tú ni yo tenemos cuatrocientos mil seguidores en las redes sociales y somos ya viejas para emprender cualquier cosa. A partir de los treinta hasta luego. En cuanto dejas de ser un objeto follable o consumible, dejas de vender entradas, de tener trabajos, ascensos y vida tranquila. La meritocracia femenina se vende muy cara y está todavía a años luz.

Julia: Salir del armario es un auténtico drama y no hay por qué hacerlo si tu vida corre peligro.

Paula: ¿No decías que no eras lesbiana?

Julia: Para este tipo de cosas sí, soy más lesbiana que persona. Bueno, en realidad, soy lesbiana, pero no ejerzo.

Paula: Pues haz como yo, pon el coño en modo avión.

Julia: Desde luego, así lo tengo. Una vez leí una frase de Josep María Pau, vamos, no es que lo lea mucho, pero esta en concreto me interesó bastante: «Llega un momento en que uno tiene cicatrices en la lengua de tanto mordérsela. El mucho callar, agota. La mucha prudencia, debilita. Y se hace imprescindible, por la propia dignidad, recuperar el aliento y hablar claro».[25]

Paula: Pues eso me pasa a mí. Siento la necesidad de escribir ese libro. Igual nadie quiere leerlo, pero ¿habrá que hablar de la verdad, no?

Julia: Sí, sí, claro, por supuesto. Dímelo a mí, que no soy capaz de acabar nada, pero creo que es una cosa generacional, ¿no crees?

Paula: ¿Por qué nadie habla de lo que importa? Las apariencias, la ansiedad, el sexo, las expectativas, lo que perdiste por cumplir tu sueño, el dolor… «Me siento sola estando con gente». Se lo leí a una chica de veinticuatro años en Tinder, y lo peor es que habrá gente que lo lea y diga: «Otra pesada más». Soy una persona infeliz. No recuerdo haber sido feliz nunca, ni siquiera entiendo qué hago aquí. Y tengo ganas de gritarlo. Pero muchísimo. Y de encontrar gente que me diga: «Tía, yo también». Es frustrante no poder contar que tuviste que estar en tratamiento, que tienes traumas o que tu cabeza te lleva a sitios inexorables hasta el punto de ver un círculo de fuego a tu alrededor y no poder saltarlo. Hubo una época en que solo me atraían personas con problemas físicos. Me enrollaba con gente en muletas para acompañarlos a cualquier prueba médica que tuviesen que hacerse solo para sentir que me necesitaban.

Julia no puede evitar llorar de la risa.

JULIA: ¿Te pasaba eso?

PAULA: Sí, pero ya lo he superado. Solo me pasó un ratito, ¿eh? Luego vi un caso similar en una película que me dejó marcada, *El hilo invisible*, y lo único bueno que saqué es que siempre hay personas que están peor que yo.

JULIA: No, desde luego, claro.

PAULA: ¿Sabes qué pasa? Todo el mundo piensa que soy muy divertida, que qué bueno eso de ser escritora, cuando solo hago publicaciones en internet... En realidad, en lo único que pienso es en las miles de maneras que existen para dejar de estar aquí. Siento cosas, las siento de los demás, las siento de ti y las siento de mí. ¿Y qué? El mundo va a seguir girando, eres una nada más en un mundo de nada. Ojalá pudiéramos dejar de aparentar que somos algo cuando no somos nada. El mundo duele. Duele mucho.

Suena la canción «La espiral» de Malamute. Y las dos la conocen. Paula empieza a susurrarla y le sigue Julia:

> *Y llevo demasiado tiempo*
> *que todo el mundo me da igual,*
> *porque yo lo que quiero hacer,*
> *es entrar en una espiral*
> *de autodestrucción y acabar fatal.*

JULIA: A mí también me encanta esta canción.

PAULA: ¿Sabes lo que buscan las mujeres en sus parejas según la revista *Men's Health*? El sentido del humor. Lo escuché en la obra de teatro de Sufrida Calo.

JULIA: Bueno, el sentido del humor es algo universal. Es el continente para que llegue el contenido. Si no podemos reírnos de nosotras mismas, ¿qué nos queda? El otro día tuve el coño de escribirle un mensaje a una persona que había desaparecido, la etiqueta de una botella de vino. Lo escribí durante una cena en la que estaba absorta, por supuesto. La gente hablaba de sus mierdas, de sus hijos, de sus preocupaciones..., que por supuesto no me interesan para nada. Asentía con la cabeza y utilizaba una de mis frases favoritas cuando no me interesa absolutamente nada de lo que me están contando: «Se nota que hay mucho trabajo detrás». Bien, el mensaje en cuestión decía: «El amor es como el vino: necesita tiempo, necesita fermentar».

PAULA: Debemos apegarnos o morir. El infierno son los otros y el humor es la esencia de lo impredecible. Como dicen en la película *La mala educación:* «Te elegí por curiosidad, quería saber hasta dónde eras capaz de llegar tú y hasta dónde podía soportar yo».

JULIA: Querida amiga, alejarse es a veces la forma más rotunda de aproximarse. Tocas fondo en el momento en el que te sale tu hermana en el Tinder.

PAULA: Sí, pero ¿no crees que la depresión es de inteligentes? La autenticidad es lo que inspira a las personas.

Julia ha dejado de escuchar a Paula.

JULIA: Finges no estar presente, te lo tomas como un trabajo. Desconectas. Lo describes. Te construyes una coraza. No eres tú. No en carne y hueso. No estoy aquí.

PAULA: ¿Y si solo aquello que es necesario tiene peso? Solo aquello que tiene peso, ¿vale? ¿Y si, a base de vivir, se nos ha olvidado sobrevivir? Las vidas humanas se componen de una forma inventada y artificial.

JULIA: Bueno, antes teníamos relaciones. Íbamos poco a poco. Procesos lentos, el apasionamiento sin intensidad. Tranquilamente. Agua que va pasando y va calando, más que el torrente. Construíamos sin heroicidad. Prefiero que se rían de mí que ir desprotegida. Hay mucho camino antes del abismo. Y ahora solo quieren lo inmediato, y yo no sé hacerlo.

PAULA: ¿Sabes ese momento en que estás en un sitio y empiezas a pensar en todo lo anterior que no has hecho? Reflexionas sobre todo lo que has creído y el tiempo que has perdido. Joder, es que me está ocurriendo ahora. No sé qué me sucede, me pasa contigo, me pasa en este sitio...

JULIA: Paula, anarquía interior es tiranía exterior. La gente se enrolla con otra gente para saber qué es lo que quiere. Aquel que quiere permanentemente llegar más alto tiene que contar con que algún día le llegará el vértigo. «El vértigo significa que la profundidad que se abre ante nosotros nos atrae, nos seduce, despierta en nosotros el deseo de caer, del cual nos defendemos espantados».[26] Esto decía Milan Kundera. Pues eso nos pasa.

PAULA: Sí, sí, ya lo sé, me lo has repetido varias veces. Que la demanda genera rechazo y que estar enamorado es estar disponible. Que te dijo esta frase tu amiga Laura varias veces y que eso es para ti el amor, pero no termino de entenderlo.

JULIA: Vuelvo a citar a Milan: «Un acontecimiento es más significativo y privilegiado cuantas más casualidades sean necesarias para producirlo. Solo la casualidad puede aparecer ante nosotros como un mensaje. Lo que ocurre necesariamente, lo esperado. Es mudo. Solo la casualidad nos habla. No es la necesidad, sino la casualidad la que está llena de encantos. Si el amor debe ser inolvidable, las casualidades deben volar hacia él desde el primer momento».[27]

PAULA: Mira, tengo un buen lío en la cabeza. Y, en este gimnasio, ¿tú sientes que hayamos hecho algún ejercicio que verdaderamente haya valido la pena? Me refiero a ejercicio físico. Te quiero pasar lo que estoy escribiendo, pero es caótico.

JULIA: Ay, amor… Hasta el universo arrancó con el caos. Hay una canción, «Imperio», de The Change, que dice: «Contigo no tengo más que deseo de prosperar. / Contigo no tengo más que lo que hay / construyamos un imperio en lo más alto del mundo».

PAULA: Ya, pero es que el amor es sufrimiento.

JULIA: En realidad solo es amor cuando se supera la fase de la irracionalidad, encoñamiento, moñerías y pura hormona y química. De una ruptura uno se cura; de una desaparición no. También te lo he dicho.

Llora, una no puede ser siempre tan fuerte. Te diría que no estemos tristes, pero nuestra tristeza es supervaliosa. Tira hasta que la verdad se rompa, salta aún más lejos. Tú sabes cómo encajar una derrota, pues ahora es el final. Queda la piel, queda el lugar. Persigue la señal, pues todos esos pedazos han volado ya. El recurso como parte del delirio cobra fuerza en el segundo de tristeza contractual. Cada parte de ese acuerdo establecido es lo que puede parecer un recurso socorrido. Te recuerda que no puedes vencer a toda esa agonía de exprimir a todo aquel. Paula, ¿qué quieres conseguir? Te pasas la vida intentando que no se te note lo que quieres conseguir.

PAULA: Y además sonríes intentando ser feliz y así compensar la falta de vida interior. Cada día me siento más frágil, pero también me esfuerzo cada vez más en que no se me note. No puedo dormir por las noches. Miles de cuerdas avanzan hacia mí. Me quiero romper, pero sabes que tienes que seguir. Miles de sombras, con el mismo rostro. Solo alardean, es sobrenatural. Te quieren atar y te empeñas en avanzar.

JULIA: ¿Y si el futuro es parar?

PAULA: Y si el futuro es parar.

JULIA: Tengo una idea para comportarnos como mejores personas: dejemos de comportarnos como personas.

Otro día más que termina. ¿Y si el futuro es parar? Otra pausa que me tomo. Esta vez me voy a Valencia y os sigo contando mi historia con las luces del escenario apagadas. No hay tiempo, no hay espacio. Solo mi voz.

Dime cómo lo hago si no sé disimular.

Hoy he estado con una mujer que me gusta.

Las moscas no paran de rodear mi habitación. Cada día tengo entre cinco y seis. He intentado buscar cuál es la razón, si mi falta de orden o el cambio climático, pero lo cierto es que no es ninguna de las dos.

Está casada y tiene un hijo.

Es exactamente igual que mi exnovia. Me refiero a físicamente.

No voy a mentir, me fijé en ella porque se parecía.

Hace mucho tiempo que no siento nada por nadie.

Pero la forma en que sujetaba la copa, se recostaba en el sofá o me miraba enseñándome sus proyectos ha conseguido que vuelva a tener deseo sexual.

Las cosas que más he hecho este año son llorar y masturbarme.

No es casualidad que me haya fijado en ella, ni siquiera sé si me gusta, pero me fascina el hecho de que sea una mujer, esté casada y tenga un hijo.

Me excitan las mujeres casadas.

Pero ellos me molestan.

Se acercan, se hacen los simpáticos, fingen que no estás ligando con ella y te ofrecen una cerveza.

Casi preferiría que quisiera cogerme del cuello y estamparme contra la pared. Pero, en lugar de mostrarnos como verdaderamente somos, nos camuflamos, nos sonreímos y hacemos como que todo va bien.

Intentando sostener, como si de una báscula se tratara, familia, amigos, trabajo..., todo mierdas inmateriales.

Tu rutina, tu proyecto, tu nada, porque ni siquiera son sueños.

Hoy, le declaro la guerra a las parejas que siguen juntas por inercia, porque la inercia es un cáncer.

Siempre hay uno que ama más que el otro, el miedo los mantiene juntos y lo llamáis amor.

Ahora tengo pies de plomo.

Un cuerpo lleno de cicatrices invisibles que de vez en cuando sangran, porque las cicatrices, emociones más profundas, requieren un tiempo y un contexto.

Quizá podamos limitarnos a ser diamantes en bruto pulidos a base de golpes.

Frida decía: «Siempre que hablo contigo acabo muriéndome más, un poco más», y la Costa Brava: «Déjese querer por una loca. Es único».

Debo de ser una romántica, pero de las de antes, y llega ese fatídico momento en el que te planteas: ¿chalet a las afueras o zulo en el centro?

Intentas fustigar esta idea con el alma de la indiferencia y te das cuenta de que realmente lo que hay detrás del egoísmo es el miedo.

Por lo que, ante la duda, di que sí.

Con tanto amor que puedes dar, ¿por qué no te guardas algo para ti?

Tienes que coger las riendas de tu vida y aprender a usar las gráficas de Excel en función de tus relaciones emocionales.

Creo que solo estoy contigo porque me siento sola.

He prometido borrar tu teléfono, puesto que mi felicidad termina siempre a partir de las ocho de la tarde, pero me lo aprendí de memoria por si lo necesitaba, porque la vida está llena de decisiones y yo siempre me equivoco.

Durante un tiempo, jugaba a borrar los números en mi cabeza como si fuera una pizarra, pero la mente humana tiene una capacidad increíble de lo que quiere y de lo que no.

Puede borrar el dolor de un parto, una lesión o un trauma, pero no borra el olor de la persona de la que te enamoraste.

Eso es lo más difícil de olvidar, el olor…

6

Que se me note

A la mañana siguiente fui al gimnasio para volver a encontrarme con Julia y Paula, pero cuando llegué era un Burger King. Pregunté desde cuándo estaba ahí y me dijeron que llevaba muchos años, y que la mayoría de teatros y cines de la ciudad se habían convertido en sucursales de comida rápida.

¿Es un final abierto como hizo Cervantes con Marcela? ¿O simplemente no hay un final concreto? ¿Estoy en un escenario o no?

Tanto Julia como Paula tienen que tomar una decisión. La una, hacerse más pequeña para poder encajar. La otra, conformarse con el mínimo esfuerzo para no llamar la atención.

No sé vosotros, pero yo estoy cansada de intentar parecer idiota para que quien esté a mi lado no se sienta inferior. No es una cuestión de ego, sino de autoestima.

Duele pensar que las personas que quieres compiten contigo. Estamos todas tan deseosas de que nos vaya bien que si repartiesen el pecado capital España se llevaría la envidia.

¿Qué les hubiese pasado a todas estas mujeres, compas trans, personas diversas de las que he hablado en el momento actual? ¿Creéis que, si fueron acechadas y reprimidas en su época, hoy no las perseguirían?

¿Creéis que no nos siguen vetando en lo político, económico, laboral, científico, académico, deportivo… o que las cosas han cambiado?

Aún recuerdo esa foto de la atleta Kathrine Switzer atacada por uno de los organizadores de la maratón de Boston del 67 que quería expulsarla de la competición.

Me gustaría acabar con el retorno de lo reprimido, con lo encorsetado, con el deseo que nos avergüenza.

Quiero saber dónde estaban todas aquellas bolleras para no tener que inventarme todas estas historias o pensar que a todas mis compañeras se las cargaron en el Patronato.

Quiero pensar que todas somos las primas de Cleopatra, de bajo fondo, de lo romántico, del lumen y del fenómeno histérico.

Que dejen de explotar nuestros cuerpos y nuestros pensamientos. Que acabemos con la maldad camuflada sintomática de esta sociedad…, de que «anónimo» haya sido un nombre de mujer.

Somos genios indómitos, amenazantes y a la vez brillantes en un mundo en el que cualquier mínima transgresión es castigada. Nuestro deseo «de las torcidas» produce angustia a lo masculino.

Si estáis leyendo esto, debéis elegir…, porque lo normal está en decadencia.

Exceso o pérdida.

Lo oculto o lo exhibido.

Poder o mediocridad.

La desnudez es otra forma de vestir, desnudaos ante vosotras mismas y ante los demás para tener pleno control sobre vosotras mismas y decidid cómo queréis vivir vuestra vida.

Abrid los ojos y daos cuenta de que la historia no es como os la han contado. ¿Sabéis que todas las cuevas las pintaron las mujeres? No hay más que consultar en prensa. Un artículo de Virginia Hughes publicado en *National Geographic*, «Los artistas prehistóricos podrían haber sido mujeres», explica:

> Los autores de las huellas rupestres eran en su mayoría mujeres, lo que desmonta la teoría de que los primeros artistas eran hombres.
>
> Según un nuevo estudio, las mujeres son las autoras de la mayoría de las pinturas rupestres conoci-

das, acabando así con la idea, asumida por muchos expertos, de que los artistas eran principalmente hombres.[28]

Y en otro de *Público*, «¿Y si la cueva de Altamira la pintó una mujer?», informan de que:

El grupo de arqueólogas Past Women reinterpreta la prehistoria desde la perspectiva de género y pone en cuestión los roles tradicionales. Hoy todavía en la mayoría de los museos sobre la evolución humana la presencia de la mujer es residual y poco valorada. Estas expertas quieren visibilizar su función social y su papel en la historia.[29]

Es el ejemplo perfecto de que hemos vivido toda la vida en una mentira. La pregunta es si vosotras queréis existir dentro de una. Si queréis seguir esforzándoos en que no se os note quién o cómo sois.
Soy como la Cleopatra de Shakespeare:

¿Tengo el áspid en mis labios? ¿Caes? Si tú y la naturaleza podéis tan suavemente separaros, el golpe de la muerte es como el pellizco de un amante, que hiere y desea.[30]

No os sintáis solas, yo me sentía sola y muchas veces me siento sola y siempre he tomado muy malas decisiones.

Proust decía: «La ausencia, para quien ama, ¿no es acaso la más certera, la más eficaz, la más vivaz, la más indestructible y la más fiel de las presencias?». Y Barthes cuánta razón tiene en pocas palabras: «Si no olvidara, moriría».

Necesito escribir de nuevo parte de aquel texto de *El País* que titulé «Me acuesto, amo y me río con quien quiero», del que ya os he hablado, porque es lo que me late ahora, porque es lo que deseo contar:

Todavía recuerdo esos pasillos del instituto por los que iba con mi chándal y mi corte de pelo a tazón. Parecía el cantante de Los Caños y era la mejor jugando al fútbol, aunque pocas veces me dejaban jugar.

Era de las populares, pero daba igual lo que hiciera, que se me dieran bien los deportes, que sacase las mejores notas, que fuese atractiva, rápida y creativa… Ahí estaba ella, Jesenia y su grupito de amigos, llamándome marimacho, esperándome a la entrada y a la salida y llegando incluso a perseguirme hasta la puerta de mi casa.

Cada día, a las ocho de la mañana, empezaba una lucha para tratar de ser alguien diferente a quien era en realidad, por evitar ese momento de vergüenza en el que, a la entrada del polideportivo, alguien me mandara al baño de los chicos. De vez en cuando, en aquella boda, en esta otra comunión, yo me proponía ponerme un vestido, peinarme como las demás, ponerme unos zapatos de tacón, aunque me hicieran caminar como un velociraptor, porque pensaba que eso haría feliz a mi familia y a la gente que tenía a mi alrededor.

Lo que empezó a pasar entonces fue que no podía separarme de la profesora de Tecnología, y después de la de Economía. Luego fue mi entrenadora y la amiga de mis amigas, y, como dice la canción de Belenciana, «aquella profa de francés, aquella niña del jersey, aquella prima, aquella amiga, aquella moda… Lo sé. De pronto supe adónde ir, de pronto aprendí a querer, ya dibujaba un camino amarillo a mis pies».

A medida que fui haciéndome mayor, fui sintiéndome mejor, hasta que logré plantarles cara a mis miedos y a algunas de mis inseguridades, esas que me torturaban día a día haciéndome sentir que nadie me iba a querer.

En este camino fueron importantes las amigas. Confío en que también puedan serlo para ti (quien quiera que seas, queride torcide al otro lado de la pantalla). Espero que tengas a tu lado a quien poder contarle lo que estás sintiendo, incluso si crees que no es así. Mira bien y, ante la duda, habla de lo que te angustia y te preocupa: puede sorprenderte quién acaba estando ahí para apoyarte y dar luz al camino. Fueron mis amigas las que me levantaron, me cogieron de la mano y me enseñaron todos los rincones. De Chueca y de la vida.

He hecho todo lo que en un momento dado los demás me dijeron que no podía hacer.

La mayoría de las personas adultas que hoy me rodean han superado sus dificultades y traumas a través del humor y la creatividad. Ninguno de nosotros dejamos que las Jesenias de la puerta del cole ganaran la batalla, y todo se fue haciendo más sencillo con los años. Encontramos nuestra tribu.[31]

Enrique Aparicio, ex-Monterrosa entre muchas cosas, en este artículo me dio estas reflexiones muy acertadas sobre la LGTBIQfobia y fue el primero que me dijo que a él toda la vida le habían dicho que fuese lo que quisiera, pero que no se le notara. Esas palabras se clavaron en mí.

Es un problema externo e interno. Tiene muchas manifestaciones visibles que deben seguir indignándonos y juntándonos para combatirlas: las agresiones, la falta de visibilidad, el rechazo, la ignorancia hacia quienes somos. Pero no debemos perder de vista las huellas que los años que hemos pasado con miedo han dejado en nosotrxs: la LGTBIQfobia interiorizada, la que nos repite que valemos menos o que no merecemos el amor y la compresión que todo el mundo merece. Eliminarla es un viaje del que nos vamos a beneficiar y debemos recorrerlo juntxs.[32]

Vuelvo a repetir y amplío las instrucciones para sobrevivir que ya os he dicho antes, porque en el eterno retorno todo se repite más de una vez. Nunca las palabras están de más.

Ninguno de nosotros dejamos que las Jesenias de la puerta del cole ganaran la batalla.

Ríete siempre de ti misma, por muy duras que se pongan las cosas; haz todo lo que te propongas; nadie te puede decir cómo tienes que ser, porque ya eres preciosa, eres única y eres especial. No soy muy diferente de la niña que se parecía al cantante de Los Caños, pero también he hecho todo lo que en un momento dado los demás me dijeron que no podía hacer.

Ahora hemos creado algo tan fuerte que nunca nadie más podrá romperlo.

Ahora amo a quien quiero y me acuesto con quien quiero.

Ahora no estás sola, aquí estamos tus amigas.

Aquí estoy, sola ante el escenario de la vida. Con un foco apuntándome. Suena la canción «La vida sigue igual» de Julio Iglesias. ¿Quién lo diría, verdad? Al principio Julio no quería saber nada, pero, finalmente, lo convencieron. Cuántas veces nos han convencido de tantos aciertos.

Unos que nacen, otros morirán,
unos que ríen, otros llorarán.
Agua sin cauce, río sin mar,
penas y glorias,
guerras y paz.

Julia y Paula, como todxs, puede que digan en su trabajo que les gustan las mujeres o puede que intenten camuflarse, porque bastante tienen. También tal vez mientan para ser sexualizadas y conseguir un ascenso o un trabajo, o quizá para evitar un despido. O puede que mientan en general para camuflarse entre los demás.

La canción no deja de sonar:

Siempre hay por qué vivir, por qué luchar.
Siempre hay por quién sufrir y a quién amar.
Las obras quedan, las gentes se van,
otros que vienen las continuarán,
la vida sigue igual.

¿Y vosotros? ¿Y VOSOTRAS? Y vosotros, ¿compartís vuestros traumitas?

La voz de Julio Iglesias nunca cesa.

Pocos amigos que son de verdad
cuanto te halagan si triunfando estás
y si fracasas bien comprenderás
los buenos quedan, los demás se van...

Llevo toda la vida ocultándolo para que me acepten, para que me quieran, para que me respeten, para que me seduzcan, para que me admiren... y me he dado cuenta de que lo único que quiero es QUE SE ME NOTE.

La vida sigue igual.

Perdón y muchas gracias.

Fuentes bibliográficas

[1] MARRERO, R. (2023). *César Moro. Espejo, exilio y deseo queer.* TEA (Tenerife Espacio de las Artes). Disponible en <https://teatenerife.es/descargar/publishings/ncja 7Y545I0wolVmnf8M.pdf>.

[2, 3, 4, 5] KUNDERA, M. (1984; 1993). *La insoportable levedad del ser.* (F. De Valenzuela, trad.). Maxi-Tusquets.

[6] RODRÍGUEZ, A. (Anfitrión). (2022–Presente). COLOR JULAY [pódcast]. Spotify. Disponible en <https://open. spotify.com/show/6xlJNcWIsWFIMm6NkRY9Vb>.

[7] Almansa, A.; Moreno, Y.; Penna, M., y Bachiller, J. (2023, 9-11 de mayo). Postsexualidades [congreso]. Facultad de Bellas Artes de la Universidad Complutense de Madrid. Con la colaboración de Adsuara, A. y Galé, C. <https://post-sexualidades.tumblr.com/>.

[8] Almansa, A.; Moreno, Y.; Penna, M., y Bachiller, J.

(2024, 17-19 de abril). Postsexualidades II [congreso]. Facultad de Bellas Artes de la Universidad Complutense de Madrid. Con la colaboración de Adsuara, A. y Galé, C. <https://post-sexualidades.tumblr.com/>.

[9, 10, 11, 12] Momoitio, A. (11/05/2022). «Consuelo García Cid: "Los centros del Patronato eran lugares de castigo y de mano de obra gratuita"». *Pikara Magazine*. Disponible en <https://www.pikaramagazine.com/2022/05/los-centros-del-patronato-eran-lugares-de-castigo-y-de-mano-de-obra-gratuita/>.

[13] Corral, A. (s. f.). «Bío». *Álvaro Corral Cid*. Recuperado el 26/06/2024 de <https://www.mataderomadrid.org/residencia/alvaro-corral-cid>.

[14] Coronado, N. (24/04/2021). «Las "patronatas" de Carmen Polo. La generación de menores maltratadas en manicomios franquistas por rebeldes, por estar embarazadas, por putas o por lesbianas». *La Hora Digital*. Disponible en <https://www.lahoradigital.com/noticia/31496/arte/las-patronatas-de-carmen-polo-la-generacion-de-menores-maltratadas-en-manicomios-franquistas-por-rebeldes-por-estar-embarazadas-por-putas-o-por-lesbianas.aspx>.

[15] Saiz, R. y Aparicio, R. (18/05/2018). «Me acuesto, amo y me río con quien quiero». *El País*. Disponible en <https://elpais.com/elpais/2018/05/17/tentaciones/1526564142_267967.html>.

[16] Beltrán, M. (15/06/2022). «Ostracismo psicológico:

el silencio como castigo». *Oriéntate con María*. Disponible en <https://orientateconmaria.com/ostracismo-psicologico-el-silencio-como-castigo/>.

[17, 18] Keerti, G. y Blanco, A. (s. f.). «¿Qué es el diseño humano?». *The Human Design Lab*. Recuperado el 26/06/2024 de <https://thehumandesignlab.com/diseno-humano/>.

[19, 20] Santolaya, L. (03/05/2024). «Amor y vergüenza ajena». *P8ladas*. Disponible en <https://www.p8ladas.com/post/amor-y-verg%C3%BCenza-ajena>.

[21] Caso, A. (2019). *Quiero escribirte esta noche una carta de amor*. [3.ª ed.]. Lumen.

[22] Milenio digital. (06/07/2021). «"Se me antojó eróticamente": El apasionado romance entre Frida Kahlo y Chavela Vargas». *Milenio*. Disponible en <https://www.milenio.com/cultura/intenso-romance-frida-kahlo-chavela-vargas>.

[23] «Mujer fatal». *Wikipedia, la enciclopedia libre*. Recuperado el 26/06/2024 de <https://es.wikipedia.org/w/index.php?title=Mujer_fatal&oldid=157612195>.

[24] De la cruz, I. «XLII». En García R. (ed.), *Sonetos*. Biblioteca Virtual Miguel de Cervantes. Disponible en <https://www.cervantesvirtual.com/obra-visor/sonetos--2/html/61493946-8375-479f-b217-2becd410b790_3.html>.

[25] Pau, J. M. (19/07/2020). «Cicatrices en la lengua». *elPeriódico*. Disponible en <https://www.elperiodico.com/

es/opinion/20200719/articulo-josep-maria-pou-cicatrices-lengua-8046343>.

[26, 27] KUNDERA, M. (1984; 1993). *La insoportable levedad del ser*. (F. De Valenzuela, trad.). Maxi-Tusquets.

[28] HUGHES, V. (11/10/2013). «Los artistas prehistóricos podrían haber sido mujeres». *National Geographic*. Disponible en <https://www.nationalgeographic.es/ciencia/los-artistas-prehistoricos-podrian-haber-sido-mujeres>.

[29] MORENO, A. (22/06/2020). «¿Y si la cueva de Altamira la pintó una mujer?». *Público*. Disponible en <https://www.publico.es/ciencias/mujer-prehistoria-cueva-altamira-pinto-mujer.html>.

[30] SHAKESPEARE, W. (1623; s. f.). *Antonio y cleopatra*. (TERUEL, M., ed. y trad.). Biblioteca Digital Artelope (Emothe). Disponible en <https://emothe.uv.es/biblioteca/textosEMOTHE/EMOTHE0052_AntonioYCleopatra.php>.

[31, 32] SAIZ, R. y APARICIO, R. (18/05/2018). «Me acuesto, amo y me río con quien quiero». *El País*. Disponible en <https://elpais.com/elpais/2018/05/17/tentaciones/1526564142_267967.html>.